KB061329

사는 마음

지은이 이다희

펜실베이니아 주립대학교에서 철학을, 서울대학교 대학원에서 서양 고전학을 공부했다. 아버지 고故 이윤기 선생의 권유로 번역가의 길을 걷기 시작했고, 애제자로서 《플루타르코스 영웅전》을 번역했다. 그 외에 옮긴 책으로 토니 모리슨의 《타인의 기원》《보이지 않는 잉크》, 데이비드 포스터 월리스의 《거의 떠나온 상태에서 떠나오기》를 비롯해 《남성은 여성에 대한 전쟁을 멈출 수 있다》《거실의 사자》《신화의 역사》 등이 있다.

이 책은 오랫동안 생계형 번역가이자 아마추어 바이올리니스트로 활동한 저자의 첫 에세이다. 오래도록 곁에 두고 사랑한 물건에는 추억이라는 이름의 영혼이 깃든다고 믿는 저자는, 가장 소중한 순간을 선사해 준 물건들에 대한 이야기를 이 책에 담았다. 그리고 소비와 소유라는 행위를 사유함으로써 지속 가능할 수 있는 취향과 가치관을 고민해 나가고 있다.

사는 마음

ⓒ 이다희, 2023

초판 1쇄 인쇄 2023년 2월 10일
초판 1쇄 발행 2023년 2월 20일

지은이 이다희
펴낸이 이상훈 **편집인** 김수영 **본부장** 정진항
인문사회팀 최진우 김경훈 **마케팅** 김한성 조재성 박신영 김효진 김애린 오민정
사업지원 정혜진 엄세영

펴낸곳 ㈜한겨레엔 www.hanibook.co.kr
등록 2006년 1월 4일 제313-2006-00003호
주소 서울시 마포구 창전로 70(신수동) 화수목빌딩 5층
전화 02-6383-1602~3 **팩스** 02-6383-1610 **대표메일** book@hanien.co.kr

ISBN 979-11-6040-943-7 03810

본문 일러스트 선민주

나를 돌보는
반려 물건 이야기

사는 마음

이다희 지음

한겨레출판

어딘가 화수분을 숨겨 둔 사람이 아니라면, 매월 수입과 지출이 균형을 이루도록 애쓰는 사람이라면 지겹도록 해야 하는 것이 저울질이다. 요즘에는 저울 하면 물건을 올려놓았을 때 숫자가 나타나는 디지털 저울이 제일 먼저 떠오르지만, 서로 비교해서 무게를 헤아려 보는 행위에 어울리는 저울은 천칭이다.

천칭자리의 천칭, 정의의 여신 아테나가 한 손에 들고 있는 바로 그 천칭이다. 가로장의 양쪽에 저울판이 있고 한쪽에는 무게를 달 물건을, 다른 한쪽에는 추를 놓는다. 저울은 무거운 쪽으로 기울어진다.

　이번 달 말에 이르러 가계부를 써 보니 카드 사용액이 앞서 정해 둔 수준을 넘을락 말락 하고 있었다. 그런데 겨울 신발이 하나 필요했다. 나갈 일은 많아졌는데 이미 갖고 있는 신발은 너무 낡거나, 발이 시렵거나, 미끄러웠다. 하필 올 겨울은 춥고 눈도 많이 온다. 마침 봐 둔 신발이 있었는데 무엇보다 눈비에 강해 보였다. 나는 천칭의 한쪽에 그 신발을 놓는다. 그 신발의 가격과 성능, 현 상황의 절실함 등 정확히 말하자면 그 신발을 살 이유들을 놓는다. 그리고 반대편에 그 신발을 사지 않을 이유들을 놓는다. 이미 적정 수위를 넘은 카드 사용액, 낡았지만 아직 신을 수는 있는 털 부츠, 올해는 더 이상 눈이 오지 않을지도 모른다는 희망 등.

　그러고 가만히 지켜본다. 저울이 어느 쪽으로 기우는지. 이 저울질은 불행히도 한 번에 끝나지 않는다. 어젯밤에는 분명 사지 않는 쪽으로 기울었던 저울인데 밤새 사야 할 이유가 늘었다. 며칠을 고민한 끝에 드디어 한쪽으로 기운 저울을 보고 신발을 구매한다.

　내가 물건을 살 때, 혹은 갖고 있는 물건을 계속 소유할지 말지 결정해야 할 때 반복하는 이 저울질은 처음에는 단지 그 물건의 유용성과 가격, 내가 쓸 수 있는 돈, 필요 등을 비교하는 데서 시작했다. 그런데 갈수록, 경험이 쌓일수록, 그러니까 내가 나이 들수록 저울 위에 올라가는 것이 많아졌다. 거기에는 추억의 가치도 올라가고, 브랜드의 윤리성도 올라가고, 환경이나 창작물의 가치 보호에 대한 개인적인 책임감도 올라간다. 여성으로 살아오면서 느끼는 사회적 압박도 저울 위에 올라가고 그 압박에서 벗어나려는 몸부림도 올라간다. 예전에는 저울 위에 올렸지만 더 이상 올리지 않는 것도 있고, 전에는 상관하지 않았지만 이제는 반드시 올리는 것도 있다.

갈수록 복잡해지는 저울질을 그만하고 싶을 때도 많다. 로또에 당첨되면 그만할 수 있을까? 그런데, 지긋지긋한데도, 천칭을 내다 버리고 싶은 생각은 들지 않는다. 이리 기울었다 저리 기울었다 반복하는 천칭은 나를 보여 주는 것 같다. 더 구체적으로는 내가 세상과, 공동체와 어떻게 연결되어 있는지 보여 주는 것 같다. 오늘날의 세상에서 나라는 사람은 소비를 통해, 소유를 통해, 그리고 소비와 소유에 대한 사유를 통해 정의되는 것 같다.

이 책은 지겹지만 멈출 수 없는, 그 저울질에 관한 이야기이다.

차례

프롤로그   004

1부   내가 돌보는 물건, 나를 돌보는 물건

책장: 사랑하는 물건에는 영혼이 깃든다   013

바이올린: 예술 없는 세상을 견딜 수 있을까   022

웨딩드레스: 함정에 빠지기 싫었던 철부지의 결혼   032

찻잔: 물려주는 엄마와 내다 파는 딸   040

침대 밑: 불안을 파는 산업   050

트렌치코트: 제약이 아닌, 날개가 되는 옷   060

누울 자리: 나쁘지 않은 삶과 나쁘지 않은 죽음   069

책상: 돌보는 존재로서의 나   078

작업실: 없어도 무방하지 않은 나만의 방   088

2부   충동이 없으면 지불하지 않는다

건조기: 모든 새것은 결국 허름해진다   099

택배 상자: 내가 산 물건 뒤에는 노동이 있다   109

책 1: "왜"라고 묻는 순간 삶은 경로를 이탈한다   117

책 2: 시련을 극복한 영웅만이 전리품을 얻는다   126

맥: 돈 버는 기계가 아니라 인간입니다   134

의자: 명품에 앉으니 비로소 보이는 것들   143

집 1: 충동이 없으면 구매하지 않는다   152

집 2: 예술가의 작품이자 우리 동네의 풍경   162

신발: 자기혐오는 어릴 때부터 시작된다   171

3부   살기 위해 사고, 사기 위해 산다

바지: INTJ의 소비 생활   183

그릇: 왜 살며(live) 왜 사는가(buy)?   191

가방: 짭 구매가 세상에 끼친 구체적인 피해   200

블렌더: 잔소리하고 싶은 욕구를 참을 수 없다면?   209

만년필: 특권은 가진 자의 눈에는 보이지 않는다   217

식물: 살아 있는 것을 가꾸고 돌보는 일의 기쁨과 슬픔   226

노트: 나의 가능성을 제한하지 않는 사람이 되고 싶다   234

산수유나무: 인간과 자연의 공존을 고민하는 봄의 전령   243

자동차: 예의를 다해서 내 물건에게 말 걸기   250

에필로그   259

1부

내가 돌보는 물건,

나를 돌보는 물건

책장

사랑하는 물건에는
영혼이 깃든다

아침에 눈을 떴는데 천장이 빙글빙글 돌고 있었다. 분명히 침대 위에 누운 상태였는데 방 안이 빙빙 돌며 멈추지 않았다. 눈을 도로 질끈 감았다. 딱 한 번, 어린 나이에 술을 제법 마시고 집에 들어왔을 때 이런 적이 있었다. 엄마 아빠한테 들킬까 봐 방으로 직행해서 침대에 드러누웠는데 천장이 이렇게 돌았다. 그때는 잠시 눈을 감으니 괜찮아졌는데 이번에는 달랐다. 일어나 앉을 수조차 없었다. 눈을 감아도 돌았다. 구역질이 났다. 그러다 우연히 반대 방향으로 고개를 돌렸는데 괜찮아졌다. 몇 분 뒤 나는 그대로 고개를 기울인 채 몸을 일으킬 수 있었다. 그 후로 며칠 동안 왼쪽으로 고개를 기울이는 시늉만 해도 눈앞이 뱅뱅 돌았다.

그놈의 책장 때문이 분명했다. 이사를 앞두고 어떻게든 그 책장을 해결해야 했다. 가로세로 76센티미터, 폭 40센티미터의 2단 원목 책장. 엄밀히 따지면 원목이 아닌 집성목인데 그것도 30T, 즉 두께 3센티미터짜리 집성목으로 만든 책장이었다. 무게는 개당 25킬로그램이 넘었다. 이런 2단 책장이 적어도 40개가 있었다. 그러니까 책장 무게만 1톤인 셈이었다. 아버지의 유산이었다. 물론 그 안에는 책도 꽉꽉 들어차 있었다. 아버지가 돌아가신 지 11년째, 지금까지 이 책장과 책은 어머니가 관리했다. 하지만 어머니가 작은 집으로 이사를 가야 할 수도 있는 상황이 닥쳤고 우리 가족은 1톤이 넘는 책장과 거기 들어찬 책을 어떻게 할 것이냐는 문제를 해결해야 했다. 모든 집안 문제의 해결사를 자처하는 어리석은 내가 나섰다.

내가 남편과 함께 사는 집은 스물다섯 평 남짓. 아버지가 남겨 주신 책도 많은데 책장까지 가지고 간다면 집의 주인은 내가 아니라 책장이 될 것 같았다. 책장도 줄이고 책도 줄여야 했다. 그러기 위해 나는 몇 주, 아니 몇 달간 짬

이 날 때마다 책장에서 책을 꺼내고 먼지와 곰팡이를 닦은 뒤 분류해서 어떤 책은 상자에 넣고 어떤 책은 끈으로 묶느라 손목을 혹사시켰다. 게다가 책을 정리하느라 얼마나 앉았다 일어났다 했는지, 이석이 떨어져 나와 파업을 선언한 것도 이상하지 않았다.

아버지가 친구의 힘을 빌려 목재와 철물을 사다가 직접 하나하나 만든 그 책장은 아버지가 살면서 수많은 책장을 겪어 오며 가졌던 불만을 모두 해결해 준 책장이었다. 어떤 책장은 책의 무게 때문에 선반이 휘었고 어떤 책장은 책에 쌓이는 먼지를 막아 주지 못했다. 그래서 직접 만들기로 한 것이다. 아버지는 책의 무게에 휘지 않는 책장이 필요했다. 유리문이 달려 있어서 먼지를 막아 주면서도 꽂힌 책들이 눈에 보이는 책장, 높이 쌓아도 휘청이지 않을 책장이 필요했다. 또한 공간의 생김새에 따라 배치를 자유롭게 바꿀 수 있는 모듈식 책장이 필요했다. 그렇게 해서 탄생한 것이 이 무지막지한 녀석들이었다.

이 녀석들처럼 한 칸의 높이가 30센티미터, 깊이가 40센티미터인 책장에 국내에서 출판된 단행본을 꽂으면 열에 아홉은 책 위쪽과 앞쪽으로 공간이 남는다. 특히 책 앞쪽으로 얼마나 많은 공간이 남는지 책을 한 줄 더 꽂아도 된다. 하지만 아버지는 거기에 책을 꽂지 않을 생각이었던 것 같다. 그 공간은 대체로 비워 두고 군데군데 이집트 여행을 다녀오면서 사 온 피라미드 모형이라든가, 아무개 편집자에게 선물받은 미니멀한 디자인의 연필꽂이라든가, 그런 것들을 놓을 생각이었던 것 같다. 아파트를 팔고 낡은 주택을 고쳐 살기로 결심하자 치솟는 부동산 가격에 비교적 초연할 수 있었던, 인생의 황혼기를 맞은 베스트셀러 작가의 여유를 상징하는 듯한 공간이다. 그렇다면 애초의 생각대로 아버지는 빈 공간에 책을 꽂지 않고 비워 둘 수 있었을까? 불가능했다. 책을 만들거나 책을 좋아하는 사람은 다 알듯 책은 자가 증식하고 무한 증식하기 때문이다.

책을 두 겹으로 꽂으면 뒷줄에 있는 책은 홀대받기 마련이다. 심지어 책을 (사기) 좋아하는 사람이라면 눈앞에 꽂혀 있는 책을 보고도 "내가 언제 이런 책을 샀지?" 하는 법이다. 주변에서 하도 재미있다고 해서 책을 장바구니에 넣으면 '고객님은 이미 이 책을 구매하셨습니다' 하고 알림이 뜨기도 한다. 책등이 보이지 않게 두 줄로 책을 꽂아 놓으면 사태가 악화된다는 말이다. 그래서 나는 책을 두 겹으로 꽂는 것이 싫다. 내가 필요로 하는 책장은 수평 공간을 필요 이상으로 차지하지 않고 내가 가진 모든 책의 책등을 한눈에 보여 주는 책장이다.

또 수직 공간의 낭비가 없는 책장이다. 앞서 말했듯 책은 증식하기 때문에 수직 공간이 남아도는 책장을 갖고 있다면 책장의 주인은 책을 세로로 다 꽂은 뒤에도 책상, 신발장, 부엌 조리대, 침대 머리맡 등에 널브러진 책을 남는 수직 공간에 가로로 채워 넣을 것이다. 이미 꽂혀 있는 책의 크기가 일정하다면 모를까 그렇지 않은 경우 가로로 넣은 책은 삐딱하게 기울어진 채 주인을 바라보면서 큰 집으로 이사를 갈 게 아니면 제발 좀 그만 사들이라고 소리 없이 타박할 것이다.

마지막으로 내가 원하는 책장은 가벼운 책장이다. 선반이 휘지 않으면서도 가벼워서 집 안에서 이리저리 배치를 바꾸어도 인대가 파열되지 않는 그런 책장, 책장을 옮기고 싶으면 남편이 퇴근할 때까지 기다릴 필요 없이 그저 책을 뺀 뒤에 슬금슬금 옮기면 되는 책장이다. 깊이가 깊지 않고, 수직 공간의 낭비가 없도록 선반의 높이를 조정하거나 추가 선반을 넣을 수 있으며 가벼우면서도 우아하고 멋진 책장. 과연 그런 책장이 존재할까? 내가 생각하는 완벽한 책장은 기성품 중에는 없는 것 같다. 왜 아버지가 원하는 책장을 손수 만들 수밖에 없었는지, 나도 이해 못 하는 것은 아니다.

고민은 시작되었다. 공간과 자원이 무한하다면 고민할 이유가 없다. 디터 람스의 비초에vitsoe 시스템에 서양 고전 문학 대역본인 로엡loeb 시리즈를 얹어 놓으면 얼마나 예쁠까. 초록색 양장본인 희랍어 대역본은 맨 윗줄에, 빨강 양장본인 라틴어 대역본은 그 아랫줄에. 두께가 얇아도 튼튼한 참나무 책장을 벽면 그득히 짜 넣을 수 있다면 얼마나 사치스러울까. 하지만 제한적인 사정에서 이케아의 빌리 책장은 훌륭한 대안이다. 우아한 맛은 없지만 저렴하고 비교적 친환경적이며 깊이도 적당하고 추가 선반을 얼마든지 넣을 수 있으니까. 그런데 우아한 맛이 없다. 참 없다.

고민이 길어지다 보니 아버지의 책장을 어떻게든 집 안에 구겨 넣을 방법을 생각해 보지 않은 것은 아니다. 집에 비해 책장이 너무 많고 육중하다는 것은 핑계처럼 느껴지기도 한다. 아버지의 책장을 애물단지처럼 이야기하며 투정 부릴 수 있는 것도 물려받은 것이 있기 때문이다. 그것

자체가 큰 복이자 행운임을 알고 있다. 그렇다면 감사하게 여기고 잘 쓸 것이지 왜 처분하려고 하는지, 굳이 왜 아버지의 책장과 작별하려고 하는지 나는 내 자신에게 좀 더 따져 묻고 확실하게 설명해야 했다.

물려받은 것도 많은데 굳이 내팽개치고 내 것으로 그 자리를 채우려는 이유, 굳이 나만의 취향을 다듬고 내세우려는 이유, 그것은 내가 나로서 홀로 서기 위함이다. 아버지에게는 아버지가 원하는 책장이 있었고 나에게는 내가 원하는 책장이 있다. 그리고 그 책장은 같지 않다. 아버지에게는 아버지가 살아갈 삶이 있었고 나에게는 내가 살아갈 삶이 있다. 그리고 그 삶은 같지 않다. 아버지의 책장과 작별하지 않고 비워 내지 않으면 내게 필요한 책장이 무엇인지 골똘하게 생각할 일도 없고, 내가 원하고 내게 적합한 책장을 들여놓을 자리도 없다. 사람은 태어난 이상 시련과 마주치게 되어 있고 나의 시련은 아버지의 시련과는 다를 것이다. 물려받은 것이 많은 사람은 좀 더 쉽게 싸워 이길 수 있겠지만 오로지 물려받은 것만으로는 극복할 수 없는 역경도 있을 것이다. 그래서 내 생각의 집을 나만의 생각의 책장으로, 나만의 생각의 책으로 부단히 채워 나가고 싶은 것이다.

하지만 아버지가 돌아가신 지 11년, 불가피한 상황에 와서야 아버지의 책장을 비로소 정리하고 있는 마당에 자못 의연한 척 홀로서기를 말하고 있는 내 자신도 우습다. 또 홀로서기의 필요성을 머리로 이해한다고 해서 마음까지 저절로 따라 주는 것은 아니다. 고대 철학의 역사를 가볍게 풀어낸 책《그리스 철학사 1》에서 저자 루치아노 데 크레센초는 물건에도 영혼이 있다고 믿는 페피노 루소에 대해 이야기한다. 루소 할아버지는 대학교에서 연구와 강의를 하거나 책을 쓰는 학자는 아니지만 그의 '인생철학'은 사물에도 영혼이 있다는 고대의 물활론의 연장선에 있다.

"공장에서 만들어 낸 모든 장난감이 즉시 영혼을 갖는 것은 아니오. 천만의 말씀이지. 그 순간에는 그저 단순한 물건일 뿐이오. 그런데 어떤 어린애가 인형을 사랑하기 시작하는 순간, 아이의 영혼이 플라스틱 사이에 스며들어 생명을 가진 물건으로 바뀌어 가는 거요. 그렇게 되면 비록 부서지고 상처 난 인형이라 하더라도 버릴 수 없는 생명체로 바뀌는 거고 말이오."

나는 이 생각에 대체로 동의하는 편이다. 사람이 홀로

선다는 것이 나를 아껴 준 사람의 물건과 작별하는 일이라면 곧 나를 아껴 준 사람의 영혼과 작별하는 일일 터이다. 그래서 단번에 할 수 없고 세월이 필요한 일일 것이다. 사랑하는 사람 그리고 사랑하는 물건과 오랜 시간에 걸쳐 나날이 작별할 때 비로소 만들어지는 나라는 사람. 나는 그 아침, 이 가혹하고 부조리한 진실을 깨닫고 눈앞이 빙빙 돈 것인지도 모른다.

늘어나는 책들을 입주시키기 위해 어떤 책장을 마련할 것이냐 하는 고민은 당분간 계속될 것 같다. 하지만 그 고민은 고스란히 내가 누구이며 무엇을 원하는지 묻는 과정일 터. 나는 책이 든 상자를 성급하게 풀지 않겠다.

바이올린

예술 없는 세상을
견딜 수 있을까

나는 종종, 아마도 필요 이상으로 자주, 어떤 긴급 상황을
떠올려 보곤 한다. 귀를 찌르는 경보음이 온 집 안을 울리
고 화들짝 잠에서 깨어난 나는 코끝을 스치는 매캐한 냄새
에 위험을 직감한다. 먼저 고양이를 찾는다. 다행히 고양이
는 늘 자고 있던 그 자리에서 불안한 눈으로 나를 바라보고
있다. 고양이를 이동장에 넣는다. 곧이어 선반 위에 놓여
있던 바이올린을 들어 어깨받침을 분리하고 악기를 케이스
에 넣은 뒤 지퍼를 잠근다. 보면대에 가로로 놓여 있는 활
은 포기한다. 활을 넣을 시간까지는 없다. 한 손에 고양이

이동장, 한 손에 바이올린을 들고 마당으로 나온 나는 검은 연기가 닿지 않는 길가에 이동장과 바이올린을 내려놓은 뒤 비로소 화재 신고를 한다. 물론 나에게는 이런 비슷한 일조차 일어난 적이 없다. 그런데도 종종 머릿속으로 이런 연습을 하는 것은 첫째, 내가 벌어지지 않은 일에 대해 사서 걱정하기 자격증 보유자이기 때문이고 둘째, 그만큼 내 바이올린을 아끼기 때문일 것이다.

나는 오로지 취미로 바이올린을 연주하는 아마추어 바이올리니스트이다. 만 여섯 살 때 처음 바이올린 레슨을 받았으니 바이올린을 한 세월이 이제 35년을 넘었다. 그리고 25년 전부터 같은 바이올린을 죽 사용하고 있다. 내 주변의 아마추어 연주자들 중 악기를 사는 데 중형차 한 대 값을 들인 사람을 찾는 건 어렵지 않다. 중형차 대신에 악기를 산 사람도 있고 중형차와 악기를 다 가진 사람도 있다. 이런 사람들은 음악을 하루 이틀 배운 사람도 아니고, 연습도 안 하면서 장비부터 마련하는 사람도 아니다. 악기를 잡은 지 이삼십 년은 족히 된 사람이 많고, 어린 시절 악기를 못해서가 아니라 공부를 너무 잘해서 기악을 전공하지 않은 사람들도 있다. 그들의 실력은 흠잡을 데 없고 전문가용 악기는 아니지만 상당히 괜찮은 수준의 악기에서 나오는 소리는 달콤하다.

지금 내가 쓰고 있는 악기를 판다면 중형차 한 대는커녕 오토바이 한 대도 사기 힘들 것이다. 이 바이올린은 지금은 돌아가시고 안 계신 외할아버지가 사 주셨다. 할아버지는 오랜만에 미국에서 만난 손주들이 절을 하려고 하자 맏딸의 자녀인 나와 오빠가 아닌 둘째 아들의 자녀인 내 사촌동생들의 절부터 받겠다고 하셔서 우리 부모님의 분노를 샀다. 이 일에서 비롯되었을지도 모를 죄책감을 누군가 자극한 걸까? 어떤 이유에서든 할아버지는 귀국하기 전 내게 새 바이올린을 구입하라고 무려 3000달러를 쾌척하셨다.

그때까지 나는 500달러쯤 되는 바이올린을 쓰고 있었을 것이다. 3000달러로는 훨씬 좋은 바이올린을 살 수 있었다. 바이올린의 가격이란 실로 천차만별이다. 요즘에는 5만 원으로도 연습용 바이올린을 살 수 있지만 세계 정상급 바이올리니스트의 악기는 50억 원쯤 나가기도 한다. 대학교에서 음악을 공부하려고 마음먹은 입시생이 연주할 만한 수준의 바이올린 가격대는 3000달러가 아닌 3만 달러 정도에서 시작한다. 다시 말해 새 바이올린을 마련할 용도로 내게 주어진 금액은 크다고 하기는 힘들었다. 하지만 나는 당시 이런 사실을 잘 몰랐고 기악을 전공할 생각도 없었기 때문에 마냥 신이 났던 것으로 기억한다.

내가 바이올린을 새로 사고 싶다고 하자 나의 바이올린 선생님은 지역의 어느 악기 유통 회사에서 바이올린 두 대를 배송받았고 나에게 일주일 동안 사용해 보게 했다. 나는 두 대의 악기를 들고 학교 오케스트라의 지휘자 선생님을 찾아가 의견을 구했다. 하지만 그때 이미 하나의 악기에 마음이 치우쳐 있었다. 한 악기는 칠이 붉은빛이었고 다른 한 악기는 금빛에 가까운 노란색이 어려 있었다. 바이올린의 머리 부분인 스크롤 양쪽으로 마치 비녀처럼 꽂혀 있는 줄감개, 즉 페그는 연한 적갈색의 장미목이었고 이 페그의 손잡이 부분 상단과 하단에는 검은 흑단으로 만든 세부 장식이 있었다. 악기의 하단부에서 현을 잡아 주는 테일피스와 턱받침도 동일한 장미목이었다. 반면 붉은빛 악기의 부속은 평범한 검정색이었다. 지휘자 선생님은 내 마음이 치우쳤다는 것을 간파했던 것 같다. 그래서 나와 다른 오케스트라 단원들을 모아 놓고 바이올린을 등진 채 연습실 뒤편을 바라보게 했다. 이어서 두 악기를 번갈아 연주했고 단원들에게 마음에 드는 소리에 손을 들게 했다. 나는 한쪽에 분명한 끌림을 느꼈다. 따뜻하고 은은한 소리였다. 다소 어두운 감도 있었는데 특히 저음이 그랬다. 고음은 화려하지는 않았지만 고왔다. 친구들도 의견을 냈다. 나는 내 마음에 들었던 소리가 금빛 악기에서 나온 소리이기를 간절히 바랐다. 투표가 끝나자 선생님은 나의 한 표를 포함해서 더 많은 지지를 받은 악기를 들어 보였다. 금빛 악기였다.

음악은 내 삶의 가장 귀중한 순간들을 있게 해 주었다. 영어를 못 하는 상태로 미국으로 건너온, 그래서 꿔다 놓은 보릿자루처럼 교실 뒤에 우두커니 앉아 있곤 했던 검은 머리 여자아이를 가장 반겨 준 곳도 교내 오케스트라였다. 한국으로 돌아온 뒤 나는 어색한 교복 차림으로 가장 먼저 과천 청소년 오케스트라 오디션을 보러 갔다. 지금의 남편을 만난 곳도 오케스트라이고 처음 직장 생활을 시작했을 때에도 매주 목요일마다 돌아오는 오케스트라 연습 덕분에, 상상을 초월하는 직장 상사들이 연이어 선사하는 다채롭고 신선한 괴로움을 어느 정도까지는 꾹 참고 견딜 수 있었다. 만 서른여섯에 갑작스런 암 진단을 받은 뒤 2주도 안 되어 시뻘건 항암제를 몸 안에 넣어야 했을 때에도 나는 머릿속으로 연신 브람스 교향곡 4번의 제1 바이올린 파트를 연습했다. 모든 것이 내 손에 착 붙는 이 금빛 바이올린 덕분이었다.

미시간주 청소년 오케스트라의 단원일 때 이 악기로 무소르그스키Modest P. Mussorgsky의 〈전람회의 그림〉도 연주하고, 동네 요양원에서 바흐의 무반주 파르티타도 연주했다. 서울시민교향악단과 함께 베토벤 교향곡 전곡도 연주했으며, 우리 카페에서 온갖 다양한 실내악 편성에 참여할 수 있었다. 현악 4중주부터 피아노 5중주, 클라리넷 5중주, 현악 8중주까지. 학업, 결혼, 취업, 투병 등 내 삶의 모든 배경에는 음악이, 내가 연주하는 음악이 있었고 그래서 수월했다. 음악은 낯선 환경을 익숙하게 만들어 주고 날 괴롭히는 사람이든 아픔이든 잠시 잊게 해 주었다. 이 바이올린으로 무수히 많은 곡을 연주하면서 더할 나위 없이 행복한 세월을 보냈다. 그동안 단 한 번도 나에게 더 좋은 악기가 있으면 더 행복했으리라고 생각해 본 적 없다.

하지만 그동안 나에게 중형차 한 대 값의 근사한 악기를 사 지르고 싶은 충동이 찾아오지 않았다면 거짓말이다. 더 좋은 악기가 있으면 바이올린이 더 쉽게 느껴지지 않을까, 지금과 똑같이 연주해도 더 아름다운 소리가 나지 않을까 의심해 본 적도 많다. 더 비싼 악기라면 3도 혹은 옥타브 간격의 화음을 잡을 때 좀 더 정확한 음정이 나오지 않을까? 더 비싼 악기라면 오른팔에 힘을 덜 주어도 소리가 더 시원하게 더 멀리 뻗어 나가지 않을까? 저음 현을 연주할 때 좀 더 무게감과 울림 있는 소리가 나지 않을까? 소리를 작게 내도 더 명확하게 들리지 않을까? 더 비싼 악기라면?

장인은 도구를 가리지 않는다고 하지만 정상급 바이올리니스트는 가장 값비싼 바이올린으로 연주한다. 기술과 음악성이 최고 수준인 바이올리니스트는 최고의 바이올린을 통해 비로소 제 목소리를 가질 수 있다. 그렇다면 나에게도 나의 실력에 알맞은 바이올린이 있을 것이다. 하지만 실력이 먼저고 도구가 나중이지, 바이올린을 업그레이드한다고 실력도 업그레이드되지는 않는다. 물건이 나를 더 나은 나로 만들어 주리라는 믿음은 철저한 착각이며 자본주의 메시지의 융단 폭격에 세뇌된 결과다. 여기까지가 장비 업그레이드의 충동을 억누르는 내 사고 과정이다.

하지만 나는 여기서 한 걸음 더 나아가려고 한다. 아무리 많은 추억이 담겨 있어도 현재의 바이올린도 물건일 뿐이다. 나는 바이올린도 업그레이드하고 실력도 업그레이드할 기회를 모색해 보려고 한다. 바이올린을 바꾼다고 실력이 나아지지는 않겠지만 실력 향상을 영영 포기하기에는 너무 이르지 않은가. 지금의 바이올린에 대한 애착을 노력하지 않을 핑계로 삼지는 않겠다는 말이다. 바이올린은 물건이고 물건은 대체할 수 있으며 심지어 사라질 수도 있다. 더 좋은 바이올린을 살 수 있다면 좋겠지만 더 안 좋은 바이올린이 내게 주어진대도, 내가 혹시 어떤 일로 바이올린을 영영 못 하게 된대도 나는 낙심하지 않고 살아갈 수 있는 마음의 힘을 길러 보려고 한다.

대체할 수 없는 것이, 사라져서는 안 되는 것이 있다면 그것은 음악이다. 음악이 없다고 죽지는 않겠지만 음악이 없는 삶을 살고 싶지는 않다. 소설가 토니 모리슨은 늙어서 연금이나 보험 없이 살고 싶지는 않지만 살 수는 있다고 했다. 하지만 "견딜 수 없는 것은 바로 예술 없는 세상"이라고 말했다.

음악은 진정 나의 행복을 전적으로 책임지고 있다. 하지만 내가 지금 가진 바이올린이 나의 음악을 전적으로 책임진 것은 아니라고 나에게 이야기하고 싶다. 재난 상황이 닥쳤을 때 머릿속에서 수십 번 연습한대로 바이올린을 케이스에 넣는 것이 아니라 초연한 작별을 고한 뒤 대체 불가능한 나의 가족과 함께 종종걸음으로 대피할 수 있는 내가 되기를 바라는 것이다.

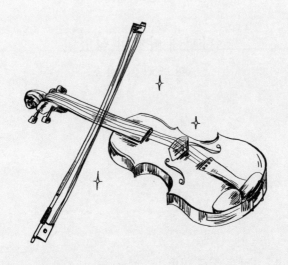

바이올린은 물건이고 대체할 수 있으며

심지어 사라질 수도 있다.

대체할 수 없는 것, 사라져서는

안 되는 것이 있다면 그것은 음악이다.

웨딩드레스

함정에 빠지기 싫었던
철부지의 결혼

20년 전에는 여행 가방으로 쌤소나이트 가방이 최고라고
했다. 한번 사면 평생을 쓴다고 했다. 정말 튼튼하다. 100년
을 써도 멀쩡할 것 같았다. 하지만 2001년 내가 미국으로
다시 건너갈 때 썼던 쌤소나이트 슈트케이스는 2003년 귀
국과 함께 창고로 들어가 다시 나오지 못했다. 무게가 엄
청나기 때문이다. 젊을 때에도 무겁다고 생각했건만 이제
는 이 슈트케이스를 체크인 카운터 위에 올리는 생각만 해
도 비지땀이 맺히는 것 같다. 그런데 내가 이 가방을 창고
에 처박아 놓고 열어 보지 않은 데에는 무거워서 실용적이

지 못하다는 점 외에도 다른 이유가 있다. 그 안에 있는 물건과 좀처럼 마주하고 싶지 않았기 때문이다. 만 17년 가까이 쓰이지 않은 채 가방 속에 들어앉은 물건은 만 17년 묵은 웨딩드레스였다.

젊은 사람들은 나이 든 사람들의 사고가 더 경직되어 있고 고집이 세다고 생각하기 쉬운데 가만 보면 그렇지도 않다. 나이 든 사람들에게 고집이 없다는 것은 아니지만, 젊은 사람들의 경험 부족과 결합된 철없고 굳세기만 한 신념도 웬만하면 꺾기가 힘들다. 스물넷이라는 어린 나이에 결혼을 준비하던, 철없고 나밖에 모르던 나는 결혼식이 엄청나게 특별한 일이라고 생각했다.

결혼식 당일에는 모든 것이 차질 없이 완벽해야 하고 더할 나위 없이 특별해야 한다고 생각했다. 그런 날에 입는 드레스라면 더욱이 완벽하고 특별해야 했다. 평생 한 번밖에 없을 찬란한 하루를 남이 입은 적 있는 드레스를 대여해서 입은 채 보낸다고? 상상도 할 수 없는 일이었다. 그 대여 드레스가 설령 값비싼 베라 왕 드레스라고 한들 용납할 수 없었다. 나는 원피스를 입어도 좋으니 대여가 아닌 내 드레스를 입어야 한다고 생각했다. 이후 예비 신부들 사이에서 '스드메(스튜디오 촬영, 드레스, 메이크업)'라는 말로 압축된 공장 생산 라인 같은 결혼식을 하고 싶지 않았다. 드레스뿐이 아니었다. 내 결혼식은 주례가 없어야 했고 신랑과 신부는 동시에 입장해야 했다. 1부 순서가 끝나면 2부에 식사가 진행되는 동안 마치 작은 콘서트처럼 축가와 축주를 넣고 나와 신랑도 바이올린과 첼로를 연주하기로 했다. 뭐 하나 남들 하는 대로 한 것이 없었다. 모든 요소가 오로지 나만의 잣대에 맞추어져 있었다.

게다가 남들 하는 대로, 패키지로 준비하는 결혼식은 의외로 비쌌다. 당시 나는 4학년이었고 미국 대학교를 다니고 있었기 때문에 학비와 생활비를 모두 철저히 부모에게 의존하고 있었다. 모아 둔 돈도 없었다. 돈이 없어도 행복할 수 있다고 굳게 믿었던 철부지였다. 실제로도 행복했다. 내 돈은 없었지만 신랑과 나의 부모, 신랑의 부모가 모아 둔 돈이 있었기에 비교적 멀쩡하고 행복하게 살림을 시작할 수 있었다는 생각을, 그때는 하지 못했다.

결혼식 패키지에 돈을 들이지 않고도 멋진 결혼식을 할 수 있다고 자신했다. 미국에서는 한국에서 드레스를 대여하는 데 드는 돈의 절반의 절반 가격으로 저렴한 드레스를 살 수 있었다. 바로 인터넷 경매 사이트 이베이를 통해서였다. 나는 치열한 검색과 필터링 끝에 저렴하면서도 내 취향에 맞는 비교적 단순한 드레스를 130달러에 낙찰받았고 이걸 들고 귀국했다. 어깨를 살짝 덮는 캡 슬리브 소매, 과하지도 모자라지도 않게 파인 각진 네크라인, 스팽글과 자수로 장식된 가슴과 밑단, 너무 길지도 짧지도 않은 트레인. 여느 신부들처럼 드레스를 가봉하는 날에 메이크업을 받을지 말지 고민하기는커녕(보통 신부들이 이런 고민을 한다는 사실을 나중에 들었을 때 내 머릿속에는 물음표가 가득했다) 수선을 맡길 생각도 못 했다. 다행히 드레스가 얼추 내 몸에 잘 맞았고 너무 큰 부분은 결혼식 당일을 위해 섭외한 '도우미 이모'가 전문성을 발휘해 옷핀으로 단단히 여미어주었다.

지금은 주례 없는 결혼식, 신랑 신부가 직접 연주를 하는 결혼식이 흔하지만 당시에는 그렇지 않았고 게다가 이름이 알려진 문인의 딸이라는 이유로 내 사연은 신문에 소개되기까지 했다. 나에 대한 그런 신문 기사가 존재했다는 생각을 하면 아직까지도 밤잠이 다 달아난다. 죄다 내가 하고 싶은 대로 했고 신랑도 우리 식구도 시댁 식구도 내가 원하는 대로 따라 주었던 원 없이 행복한 결혼식이었는데, 왠지 나는 지금도 그날을 생각하면 얼굴이 화끈거린다. 결국 쌤소나이트 가방 속에 있는, 내가 마주하기 꺼렸던 그것은 그 드레스가 상징하는 한 철부지의 비대했던 자의식이었다.

나는 왜 그렇게 남들과 다르기 위해 발버둥을 쳤을까. 이제 와서 생각해 보면 단지 내가 남보다 특별해야 한다는 생각만으로, 그리고 오직 돈이 없다는 이유로 발품을 팔아 저렴한 드레스를 구하고 인터넷 커뮤니티의 공동 구매를 통해 부케를 주문하고 메이크업을 예약한 것 같지는 않다. 그런 이유도 없지는 않았겠지만 나는 결혼이라는 거대한 제도 속으로 걸어 들어가는 행위의 위험을 어느 정도 감지하고 겁을 먹었던 것 같다. 뿐만 아니라 사치스러운 여성을 후려치고 검소한 여성을 치켜세우는 당시 시각에 (물론 지금도 여전하지만) 상당한 영향을 받고 있지 않았을까 생각해 본다. 신혼집과 예물, 예단 때문에 파혼에 이르는 예비부부들에 대한 괴담이 유독 많이 들려오던 때였다. 이야기의 초점은 특히 무리한 혼수와 예단을 요구하는 시어머니, 신혼집으로 일정한 평수의 아파트를, 특정한 크기의 다

이아몬드를 고집하는 신부에 맞추어져 있었다. 특정한 브랜드의 가방을 고집하는 시누이의 이야기도 빠지지 않았다. 이런 괴담들 속에서 언제나 시아버지나 신랑의 이야기는 쏙 빠져 있곤 했다. 우리 부부는 예물도 예단도 생략하고 작은 원룸에서 신혼살림을 시작했다. 나는 철부지 딸이 되지 않기 위하여, 물의를 일으키는 아내나 며느리가 되지 않기 위하여, 나는 특별하니까 여느 여자들처럼 똑같은 함정에 제 발로 기어들어 가지 않겠다고 나도 모르게 결의를 다지며 기말고사 준비를 때려치우고 몇 날 며칠 이베이를 뒤지며 기를 썼던 것은 아닐까?

가부장적, 여성 혐오적 시선의 치명성은 여성조차 거기서 벗어날 수 없다는 데 있다. 가부장제는 어떤 제도나 사상, 주의라기보다 한국인이 집 안으로 들어갈 때 현관에서 신발을 벗는 것처럼 자연스럽게 우리 몸에 배어 있는 문화다. 눈빛이 선한 엄마의 이모부가 20년 된 모직 코트를 입은 엄마의 검소함을 칭찬할 때 그 모습을 바로 옆에서 지켜보았던 나는 엄마가 가슴 벅차게 자랑스러웠다. 모 남자 연예인이 방송에서 상대의 낡았지만 깨끗하게 세탁된 운동화를 보고 결혼을 결심했다고 말할 때 나는 그 연예인이 배우자를 참 잘 선택한 것 같다고 생각하며 속으로 응원했다. 엄마 아빠는 나에게 검소하게 살라고 덕담을 한 적이 없다. 시어머니는 결코 나에게 남편을 잘 섬기고 자식을 잘 낳아 훌륭하게 키우는 착한 며느리가 되라고 요구한 적이 없다. 그런데도 나는 마치 내게 그런 부담이 주어진 것처럼 행동했다.

나는 남의 시선은 전혀 상관하지 않는 것처럼 오로지 나의 선호에 따라 남과는 전혀 다른 방식으로 결혼식을 준비한다고 생각했지만 결국 나의 선호는 결혼을 앞둔 신부를 잠재적 '된장녀'로 보고 시어머니와 시누이를 며느리와 대척점에 놓는 여성 혐오적인 사회적 시선의 영향 아래에 있었다.

나는 추후 사치스러운 여성, 사치스러운 유부녀에 대한 혐오적인 시선의 부조리를 깨닫고 거기에 반기를 들며 오히려 사치스러운, 그러나 알고 보면 불필요하고 불만족스러운, 반작용으로서의 소비를 하게 된다. 하지만 그것은 30대가 되었을 때 이야기다. 게다가 그 소비 행위 또한 혐오적인 시선에서 탈피하지 못했다는 점에서 크게 다르지 않았다.

쌤소나이트 가방에서 꺼낸 웨딩드레스는 의외로 멀쩡했다. 변색된 부분도 없었고 구김도 심하지 않았다. 청담동의 어느 웨딩 부자재 가게에서 구입한, 가장자리에 레이스를 돌린 3단 베일도 함께 들어 있었다. 나는 어디서 본 건 있어서 이 드레스를 사진으로 남긴 다음 작별 인사를 고한 뒤 비닐에 싸서 다른 버릴 물건들과 100리터짜리 종량제 쓰레기봉투에 담았다. 아이를 갖지 않았으니 대를 이어 물려줄 일도 없다. 딸을 가졌다고 해도 물려주지 않았을 것이다. 세상은 아이에게 물려줄 것보다 물려주지 말아야 할 것으로 가득한 것 같다. 깨끗하고 검소하고 상냥한 신부가 되어야 한다는 생각, 부지런하고 현명하며 맑은 피부와 적당한 몸매를 유지하는 아내가 되어야 한다는 생각, 나아가 당당하고 진취적인 여성이 되어야 한다는 생각까지도. 마흔두 살의 봄, 스물넷의 웨딩드레스와 함께 나는 이 모든 것을 차곡차곡 봉투에 담아 폐기했다.

찻잔

물려주는 엄마와
내다 파는 딸

친구 A가 요즘 '당근'에 계속해서 물건을 내다 팔고 있다. '당근'은 모바일 중고 물품 거래 플랫폼의 이름인데 좁은 반경 안에 있는, 믿을 수 있는 동네 사람들과 거래할 수 있어서 그런지 내 주변에도 많은 사람이 '당근'을 한다. 이 친구가 주로 내놓는 품목은 찻잔이다. 이 친구가 당근에 물건을 팔게 된 이유는 친구 B가 파는 것을 보고 난 뒤부터다. 그 친구가 주로 내놓는 품목도 찻잔이다. 두 사람이 내놓는 품목의 또 다른 공통점은 바로 이 찻잔들이 '엄마가 준' 찻잔이라는 것이다. 차이가 있다면 친구 A는 엄마와 상의해서 판매할 찻잔을 고르고 친구 B는 엄마 몰래 판매한다는 것이다. 이 이야기를 들은 친구 C는 과거에 엄마가 혼수로 찻잔을 주려는 것을 극구 반대해서 결국 받지 않았다고 한다. 세 사람의 공통점은? 엄마의 찻잔을 원치 않는다는 점이다.

나는 이 우연이 너무 재미있어서 좀 더 파헤쳐 보기로 했다. 아니, 도대체 왜 엄마들은 딸에게 찻잔을 물려주는 것이며 딸들은 하나같이 이를 원치 않는 것인가? 해당되는 엄마와 딸을 차례로 인터뷰해 보면 좋겠지만 아직 이 연구는 비공식 단계에 있으므로 나와 엄마의 관계로 미루어 짐작해 보는 것에서부터 탐구를 시작해야 할 것이다.

나도 찻잔은 아니지만 엄마로부터 받은, 원치 않는 살림살이가 있다. 대표적인 것이 결혼할 때 받은 은수저 세트다. 상징적인 의미에서 부부에게 굳이 은수저가 필요하다면 신랑용 은수저와 신부용 은수저 세트로 충분할 것 같은데 손잡이에 알록달록한 장식이 새겨진 신랑 신부용 은수저 말고 평범한 은수저가 여덟 벌이 더 있다. 게다가 은으로 된 과일 포크와 티스푼도 각각 10여 개 있다. 이 모든 것은 처음 샀을 때의 모습 그대로, 명주처럼 보이지만 실은 폴리에스터로 지은 주머니에 싸인 채 주방 도구들이 잠자고 있는 서랍 밑바닥에 누워 있다. 나는 은수저를 써 보지 않은 것도 아니라서 은수저 관리가 얼마나 귀찮은지 안다. 그래서 나는 은수저가 필요하지 않다고 거듭 말했지만 은수저는 지금 있다, 우리 집 주방에. 서랍 밑바닥에.

엄마는 왜 나에게 은수저 세트를 안긴 것일까? 원하든 원치 않든 엄마가 딸에게 식기를 비롯한 각종 집안 살림을 넉넉히 안겨 주려고 하는 이유에 대해 여러 측면에서 살펴보았다.

일단 엄마들의 찻잔을 당근에 내놓아 짭짤한 수익을 얻고 있는 두 친구의 공통적인 불만은 찻잔 세트가 한두 개가 아니라는 점이다! 처음 구매했을 당시 그대로 박스째 보관 중인 것들을 포함해 여러 찻잔 세트 중에서 그나마 추려 내놓은 것인데도 열댓 세트가 넘는다. 애초에 물려줄 살림살이가 이렇게 많다는 사실도 놀라웠다. 나는 친구들의 집안이 상대적으로 부유하기 때문이라고 생각했는데, 한 친구의 어머니네 주방에서 다 쓰고 싹 씻어 말린 햇반 용기가 100개쯤 나왔다는 말을 듣고 자지러지게 웃었다. 엄마들은 살림살이가 참 많다. 평생 전업주부로 살았든 전문직으로 살았든, 유복한 어린 시절을 보냈든 배고픈 시절을 보냈든 잘 버리지 않는다. 놔두면 다 쓸 데가 있다고 한다. 냉장고 안도 냉동실 안도 식재료로 그득하다. 나는 엄마네 집에 가서 냉장고를 열어 보고 오래된 식재료가 많다 싶으면 버리기 시작한다. 엄마는 외할머니네 가서 냉장고를 열어 보고 무엇을 할까? 버리기 시작한다.

그래서 엄마가 딸에게 살림을 물려주는 이유를 설명하는 내 첫 번째 가설은 이것이다. 엄마들은 살림살이가 너무 늘어난 나머지 둘 데가 없지만 버리기는 아까워서 딸에게 주는 것이다. 그런데 이 가설은 불가피하게 추가적인 궁금증을 낳는다. 왜 엄마들은 모두 살림살이가 많은가? 이것은 설명하기 어렵지 않다. 엄마도 딸과 마찬가지로 소비 욕구가 있기 때문이다. 엄마도 한때는 딸이었다. 하지만 지금 존재하는 굴레들은 과거에도 존재했을 뿐 아니라 더 빡빡했을 것이다. 엄마들은 엄마가 된 이상 돈이 있어도 그 돈으로 거리낌 없이 수입 화장품이나 구두, 핸드백을 사서 쟁여 두지 못했을 것이라고 나는 어설프게 짐작해 본다. 차를 사거나 레코드판을 수집하거나 값비싼 미술 도구를 사야겠다고 쉽게 생각하지 못했을 것이다. 돈이 없어서가 아니었을 것이다. 엄마들의 소비가 허용된 영역은 넓지 않았을 것이다. 찻잔은 허용된 범위 안에서 취향에 따라 고르고 구입하고 즐길 수 있는 몇 안 되는 품목이었을 것이다.

그러나 살림살이를 버리기가 아까워서 딸에게 준다는 가설은 엄마들의 딸 사랑을 과소평가하고 있기 때문에 채택할 수 없다. 엄마가 주는 살림을 딸이 받기 싫다고 하면 과연 그 찻잔이 며느리한테 가겠는가? (결코 그렇지 않다고 한다.) 뿐만 아니라 이 가설은 우리 엄마의 은수저에 적용할 수가 없다. 엄마는 적지 않은 돈을 들여 나만을 위해 새 은수저를 장만해 준 것이다. 찻잔, 은수저, 명주 이불, 꽃병은 버리기 아까워서 준 것이 아니라 딸이기 때문에 준 것이다. 한때는 딸이었던 엄마들이 자신의 어리고 젊었던 시절을 떠오르게 하는 딸에게 좋은 물건을 물려주고 싶은 마음이 있는 것은 당연하다. (짚고 넘어가야 할 것은, 엄마가 살림살이를 버리는 게 아까워서 딸에게 주는 경우가 전혀 없지는 않다는 점이다. 엄마들은 당신들조차 쓰지 않는 살림살이에서 놀라운 가치와 숨은 용도를 발견하고 그것을 알뜰하게 사용할 능력이 딸에게 있기를 바라지만, 그 능력은 언제나 남의 집 딸내미에게서만 드물게 발견된다.)

나는 연구를 위해 최측근, 즉 우리 엄마의 도움을 받기로 했다. 엄마에게 내 친구들 이야기를 해 주고 찻잔을 물려주는 이유가 뭐라고 생각하는지 들어 보았다. 엄마의 대답은 간단했다. 찻잔을 살 때 '이건 우리 딸 결혼할 때 물려줘야지' 하고 산다는 것이다. 언제나 딸 생각뿐인 엄마의 마음이 애틋하게 다가오려는 찰나 익숙한 합리화의 그림자가 보였다. 소비를 결정할 때는 단지 필요하거나 가지고 싶다는 생각 이외에도 다양한 구실이 동원된다. 소유욕이 불순한 것으로 오해받을 여지가 많을 경우에는 말할 것도 없다. 핑계는 많을수록 좋다. 딸에게 물려주겠다는 계획은 엄마의 소비 욕구를 정당화하는 방식이었을 수도 있다.

소비 욕구를 주로 집안 살림 구입을 통해 해소했기 때문에 살림살이가 많아진 엄마가 딸이 좋은 것을 가지길 바라는 순수한 마음으로 살림을 물려주는 것까지는 참 훈훈하고 좋다. 문제는 이 살림이 결국 '당근'에 매물로 올라간다는 사실. 매일 티타임을 가져도 한 달 동안 다 쓰지 못할 찻잔 세트를 정리하고 정리하다가 몰래 팔아 버리는 딸의 마음과, 내 딸의 딸에게 물려줄 가보라고 생각하고 구입한 귀한 찻잔을 중고 시장에 내놓자고 말하는 딸을 보는 엄마의 마음은 훈훈할 리 없다. 그러니까 그야말로 '엄마 땜에 내가 미쳐' 버릴 것 같은, '너 땜에 엄마가 미쳐' 버릴 것 같은 노이로제 직전의 심경이 '당근'의 수많은 매물의 이면에 있을 것이다.

딸이 좋은 것을 가지길 바라는 엄마의 마음에는, 자기 딸이 좋아하는 것과 필요한 것이 무엇인지 누구보다 잘 알고 있다는 과도한 자신감이 있다. 근거 없는 자신감은 아니다. 엄마와 딸은 쇼핑몰에서 각자 물건을 보다가도 어디서 찾았는지 똑같은 흰 티셔츠를 들고 나타나기도 하고, 서로 아무 말도 하지 않았는데 각자 집에서 같은 재료를 사서 같은 반찬을 만들고 있다는 사실을 발견하기도 한다. 하지만 딸은 엄마와 다르고 딸이 짊어져야 할 굴레도 엄마가 짊어졌던 굴레와 다르며 이는 애석한 일이 아니다. 딸들은 엄마들보다 훨씬 더 다양한 찻잔으로 훨씬 더 다양한 카페에서 커피를 마시고 있으며, 원하는 브랜드의 원하는 물건을 원하는 색상으로 해외에서 '직구'한 지 10여 년이 넘는다. 다양한 디지털 전자 기기의 구체적인 사양을 줄줄이 꿰고 있거나 취미 활동을 위해 몇 달 치 급여를 털어 넣어 필요한 장비를 사기도 한다. 그런 딸들의 선호가 엄마와 다른 것은 당연하다.

나는 얼마 전에 어느 소셜 네트워킹 사이트에서 핀란드의 한 그릇 브랜드의 찻잔을 보고 그만 사랑에 빠졌다. 나는 이 싸지 않은 찻잔을 가지고 싶다는 욕구가 생긴 데 대해서, 만난 적은 없지만 무한히 존경하는 이다혜 기자 겸 작가를 탓하지 않을 수 없다. '아라비아핀란드'의 찻잔들은 이다혜 작가의 무심한 듯하면서도 균형 잡힌 사진 속에 자주 나타나곤 했는데 볼 때마다 나는 그 차분한 색감과 점잖은 생김새, 매력 있는 비율에 감탄했고 결국 어떻게 하면 살 수 있는지 관심을 갖고 찾아보게 된 것이다. 그런데 알고 보니 이 찻잔은 사고 싶어도 살 수 없는 '빈티지' 찻잔으로 생산이 중단된 지 수십 년 된 제품들이었고 상태가 좋은 중고 매물이 나오면 불티나게 팔려 나갔다. 나처럼 이 찻잔의 매력을 알아 가는 사람이 늘어날수록 가격도 치솟았다. 다행히 나는 그중에서 비교적 흔한 디자인의 찻잔과 소서를 두 세트 구입할 수 있었다. 잔 하나 바꾼 것뿐인데 이 잔으로 커피를 마실 때마다 그렇게 만족스러울 수가 없다. 혹시 이 잔들도 누구보다 딸을 사랑하고 딸의 취향에 대해 과도한 자신감을 가졌던 핀란드의 엄마들로 인해, 그 잔들을 몰래 벼룩시장에 내놓은 딸들로 인해 머나먼 서울까지 오게 된 것은 아닐까? 핀란드의 딸들은 어떤 잔을 선호했을까? 우리 엄마는 '노리타케'처럼 두께가 얇고 무늬가 화사한 찻잔을 좋아하지만 나는 묵직하고 단아한 아라비아핀란드가 좋다. 언젠가 엄마가 나에게 아끼던 찻잔들을 물려준다면 나는 결코 당근에 팔지 않고 엄마의 사랑의 상징으로 남겨 두겠다. 딱 한 세트만.

친구들의 하소연에서 시작된 비공식 탐구에서 나는 잠정적으로 다음과 같은 바람을 얻었다. 엄마가 물려준 살림살이가 우리의 주방을, 아니 집 전체를 미니멀리스트 스타일에서 영영 멀어지게 만들어도 딸들은 살림살이를 모으며 취향을 키우고 만족감을 느꼈을 엄마를 너무 원망하지 않으면 좋겠다. 엄마들은 그 귀한 살림살이를 당근에 내놓자고 설득하는 딸들을, 혹은 몰래 내다 파는 딸들을 너무 원망하지 않으면 좋겠다. 그러면 우리는 각자 저 나름대로 한 걸음씩 나아갈 수 있을 터이다.

엄마들에게 찻잔은

허용된 범위 안에서 취향에 따라

고르고 구입하고 즐길 수 있는

몇 안 되는 품목이었을 것이다.

침대 밑

불안을 파는
산업

혹시 내가 예기치 못한 사고로 세상을 떠나고 누군가 나의 침대 밑에 있는 수납함을 정리해야 한다면 부디 그 안에 누워 있는 사람 머리 형상의 주머니, 그리고 주머니 입구로 삐져나온 황갈색 머리카락에 놀라지 말길 바란다. 사람의 머리는 아니니 안심하기를. 하지만 사람의 머리카락이 아니라고 할 수도 없겠다. 검증할 길은 없지만 인모 가발이라고 해서 상당한 돈을 주고 샀기 때문이다. 형태를 잘 유지하기 위해 마네킹 머리에 씌워 두었다. 나조차도 침대 밑 수납함에 뭘 넣고 뺄 때마다 이것을 보고 흠칫 놀라곤 한다.

암에 걸렸다고 모두 항암 치료를 받는 것은 아니고 항암 치료를 받는다고 다 머리가 빠지는 것은 아니다. 하지만 내가 가진 암은 항암 주사 치료를 필요로 했고 내가 맞아야 하는 약은 주사한 뒤 약 14일 후부터 온몸의 터럭이란 터럭은 죄다 빠지기 시작하는 약이었다. 진단을 받자마자 나는 다소 저돌적으로 치료에 임했다. 항암 치료가 시작되기 전에 다양한 검사들, PET-CT, MRI, 심장 초음파 등을 받아야 했는데 예약 환자가 아니라서 검사에 며칠이 걸릴 수도 있었다. 그러면 항암 치료도 늦어질 수밖에 없었다. 나는 마치 이 검사들을 하루 만에 끝내야 하는 미션을 부여받은 사람처럼 검사 예약 창구와 다양한 검사실을 부지런히 오갔다. 병원에 여러 번 와 본 사람처럼 지하 1층에서 3층을 오르락내리락하며 당일 검사 기회를 노렸다. 다소 과도한 아드레날린 분비가 이루어지는 상태였던 것 같다.

검사 미션을 완수한 뒤에도 작전 활동을 멈추지 않았다. 그중 하나가 환우 카페에 가입해서 병원에서는 말해 주지 않는 항암 전 준비 사항을 검토, 이행하는 것이었다. 여러 게시물을 종합해 보니 환우들은 대개 항암 전에 치과에서 스케일링을 하고 눈썹 문신을 받았으며 손톱 갈라짐을 방지하기 위한 약과 인모 가발을 구매했다. 나는 눈썹 문신을 받거나 손톱에 바르는 약을 구매하지는 않기로 했다. 나는 인터넷에서 수집하는 정보의 경우 무조건적으로 받아들이지 않고 내 상황에 맞게 취사선택할 줄 아는 교양인이기 때문이다. 대신 이 교양인은 인모 가발 구매를 위한 예약을 잡았다. 들려오는 얘기로는 인모 가발이 훨씬 더 자연스럽다고 했다. 통풍이 잘 되어서 편하다고 했다. 비싼 값을 한다고 했다.

첫 항암을 하고 두 주 뒤 머리가 빠지기 시작하던 날, 삭발을 해 주고 가발 구매를 도와주는 데 특화된 미용실을 찾아갔다. 아직 아픈 사람이라기보다는 작전을 수행 중인 사람이 된 기분이었기 때문에 삭발을 해야 한다는 사실에 우울하기는커녕 두상이 내가 생각했던 것보다 훨씬 예쁘다고 박수를 치는가 하면 이런 고객님은 처음 본다는 스타일리스트에게 "솔직히 예쁘지 않나요?"라고 물으며 기뻐했다.

삭발을 하고 인모 가발을 구입하는 데 든 비용은 120만 원 정도였던 것 같다. 물론 추천해 주는 비싼 두피 샴푸도 덥석 구매했다. 두피는 민감해서 씻을 때 아무 거나 쓰면 안 된다고 했다. 가발의 형태를 유지하기 위한 마네킹 머리는 '서비스'였다. 비싸다고 느껴지기는 했지만 마침 보험금을 타기도 했고 항암 뒤 다시 머리가 자라려면 거의 1년은 걸리니까 충분히 본전을 뽑을 수 있을 것 같았다. 평소에는 늘 염색하지 않은 숏컷 스타일을 유지했는데 언제 또 이런 머리를 해 보나 싶어 긴 갈색 머리 가발을 골랐다. 우스개로 이름까지 지어 주었다. 릴리. 이 모든 생각의 기저에는 내가 지금 암에 걸렸는데 이 정도 소비도 못 하냐 하는 심리가 있었다. 흔히 말하는 보복 소비였다.

이 심리를 제일 잘 아는 것은 물론 인모 가발 회사다. 또한 두피 샴푸 회사이며 손톱 갈라짐 방지제 제조사, '항암 모자' 판매업자다. 물론 당시의 나는 이런 심리를 미처 깨닫지 못했다. 약물을 이용한 항암 치료는 암세포를 죽이는 약, 아니 독을 몸에 넣는 치료다. 독을 넣으면 암세포가 죽지만 암세포와 분열 주기가 비슷한 다른 건강한 세포들도 죽인다. 머리카락과 손톱, 발톱의 성장에 관여하는 세포들이 여기에 속한다. 하지만 머리카락이 없다고 사람이 죽지는 않는다. 문제는 면역 장벽을 형성하는 백혈구들이다. 항암제는 이런 백혈구도 죽인다. 그래서 항암 치료 중인 사람은 흔한 감기에 걸려도 안 된다. 암세포를 없애기 위해 사람을 벼랑 끝까지 몰고 가는 셈이다. 물론 요즘은 다른 세포를 건드리지 않고 암세포만 저격하는 표적 항암 치료제가 다양하게 개발되고 있지만, 내 몸 안에 삽입된 중심정맥관을 통해 주사 받은 항암제는 무려 1970년대에 개발된 무지막지한 약물이었다. 암으로 죽을 수도 있고 항암으로 죽을 수도 있는 나날이었다.

그런데 항암 치료 기간 동안 내가 인모 가발을 쓴 날은 가발을 맞춘 날과 친구의 결혼식, 오케스트라 연주회 리허설과 연주회 날, 단 나흘이었다. 가발은 자연스럽지 않았다. 통풍이 잘 되지도 않았다. 저렴한 가발에 비해 얼마나 자연스럽고 편안한지는 모르겠지만 가발은 가발이었다. 어색하고 불편했다. 인모 가발을 견딜 수 없었던 나는 평소에 친구들을 만나러 나가거나, 오케스트라 연습을 하거나, 병원에 갈 때 주로 스카프를 썼다. 스카프는 부드러웠고 땀을 흡수했으며 바람에 날아갈 걱정도 없었다. 디자인도 다양했다. 내 소식을 듣고 찾아온 고등학교 동창을 만날 때도 스카프를 쓴 채였다. 친구는 인터넷을 검색해 보니 이런 것이 필요할 거라며 내가 이미 사용하고 있던 두피 샴푸를 선물로 건넸다. 그때 나는 비로소 깨달았다. 죽음의 벼랑 끝에 세워진 사람들을 겨냥한 이 거대한 산업을.

물론 가발은 불편할지언정 군중 속에 숨을 수 있게 해 준다. 스카프를 쓰고 카페에 앉아 있으면 사람들의 시선은 어김없이 나에게 머물다 갔다. 그럴 때면 여기가 서울이 아니라 뉴욕이었어도 이렇게 불편했을까 하는 생각이 들었다. 뉴욕에는 암 환자가 아니라도 종교적, 문화적 이유 때문에, 혹은 멋을 내기 위해 머리에 스카프를 두른 사람이 많을 것 같았다. 그 사람들 사이에 숨을 수 있을 것 같았다. 하지만 서울에서는 일단 가발을 쓰지 않으면 지나가는 사람들의 호기심 어린 시선을 받는다. 암 환자가 무수히 많은 병원 암 센터에서도 스카프를 쓰면 쳐다보는 사람이 많다. 대개는 가발을 쓰거나 모자를 쓰고 있기 때문이다. 지금은 병원에 가면 가발을 쓴 사람들이 곧잘 눈에 띈다. 전에는 몰랐다. 하지만 가발을 써 본 사람은 가발 쓴 사람을 알아본다.

암 환자를 대상으로 하는 산업은 이처럼 다양성이 부족한 우리 사회에서 그저 눈에 띄지 않고 살아가고 싶은 사람들의 불안감을 이용한다. 또 삶을 붙들고 싶어 하는 사람들의 간절함을 이용한다. 그 불안감과 간절함을 자극하는 메시지는 아주 교묘하고 치밀하게 설계되어 있다. 그래서 정보를 선별해서 이용하는 데 제법 능숙한 사람들도, 교양인이라고 자부하는 사람들도 그 메시지에 지고 만다. 가발뿐이 아니다. 온갖 특수 식품, 보조제, 면역 요법을 판매하려는 사람들이 갖가지 위로와 평안을 약속한다. 심지어 없는 불안과 위기를 꾸며 낸다.

가발 대신 스카프를 쓰면 사람들의 시선을 받기는 해도 그 사람들이 나에게 와서 나를 괴롭히거나 무례하게 굴지는 않는다. 견딜 수 있는 정도라는 것이다. 시선이 너무 두렵다면 굳이 100만 원이 넘는 가발을 쓰지 않고 몇 만 원짜리 패션 가발을 써도 된다. 심지어 여러 개를 사서 돌아가면서 써도 된다. 항암 중인 환자라고 해서 꼭 못생긴데다가 값도 비싼 항암 모자를 써야 하는 것은 아니다. 그냥 보통 모자를 써도 된다. 언젠가 두피 샴푸가 떨어지자 나는, 세안할 때 쓰던 민감한 피부용 포밍워시로 두피를 닦으면 되겠다고 생각했다. 그래서 세수할 때 머리도 쓱쓱 닦아 냈다. 손톱은 갈라지지도 않았다. 눈썹이 없으니까 우피 골드 버그 느낌이 좀 났지만 그냥 다니거나 브로우 펜슬로 그렸다. 사실 남들 하는 대로 해도 되고 하지 않아도 괜찮다. 게다가 남들의 행동은 교묘한 마케팅에 선동된 탓일 수도 있다. 그런데도 취약한 상태에 놓였던 나는 잠깐 그걸 잊고 있었다. 물론 그 이후로 보복 소비가 멈춘 것은 아니다. 나는 나를 진정 위로해 줄 만한 것이 무엇인지 쓸데없이 깊고 폭넓게 생각했고 나를 위로해 줄 다양한 물건을 잘도 찾아냈다.

2021년 봄, 암 진단을 받은 지 5년이 되었다. 그 봄에도 6개월마다 반복되는 정기 검진을 받았다. 나는 병원에 가도 이제 더 이상 경보 선수처럼, 축지법 쓰는 사람처럼 움직이지 않는다. 처음 가 보는 검사실을 단번에 찾아가기는커녕 수없이 가 본 검사실도 못 찾아서 헤맨다. 각종 검사를 하고 일주일이 지난 뒤 결과를 듣기 위해 진료실 앞에서 대기하고 있으면 항암 치료를 받을 때의 그 기개는 어디 가고 몸이 벌벌 떨린다. 5년째의 검진 결과는 깨끗했다. 담당 선생님은 자못 극적인 말투로 말했다.

"초음파 결과 재발, 전이 소견… 없습니다. CT 결과 재발, 전이 소견… 없습니다. 백혈구 수치 정상입니다. 비타민 D 수치도 정상입니다. 다… 정상입니다."

나는 마스크 속으로 안도의 한숨을 내쉬고 감사 인사

를 하며 속으로 생각했다. 선생님, 지금 뭐 드라마 쓰시는 겁니까. 선생님은 재발의 위험이 아주 없는 것은 아니지만 6개월에 한 번씩 하던 정기 검진을 이제 1년에 한 번 해도 되겠다고 했다.

　암에는 완치 판정이 없다고 한다. 담배를 끊은 사람이 죽기 전에는 금연에 성공했다고 말할 수 없는 뭐 그런 것인가. 언제 재발할지 모르니까 나도 그동안 릴리를 보내 주지 못하고 침대 밑 수납함에 넣어 둔 것이다. 하지만 이제 시간도 많이 지났으니 환우 카페에서 가발의 새로운 주인을 찾아줘야겠다. 인모 가발은 되팔 때도 가격이 높다고 하는데 나는 값을 받지 않아야겠다. 보복 기부라고나 할까. 재발하든 말든 아무튼 릴리는 떠날 때가 되었다. 만에 하나 내가 황망히 세상을 떠났을 때 내 물건을 정리하는 사람이 놀라지 않도록.

가발은 불편할지언정 군중 속에

숨을 수 있게 해 준다. 스카프를 쓰고

카페에 앉아 있으면 사람들의 시선은

어김없이 나에게 머물다 갔다.

트렌치코트

제약이 아닌,
날개가 되는 옷

혹독했던 겨울이 끝나갈 즈음 문득 바바리를, 그러니까 트렌치코트를 하나 사고 싶었다. 겨우내 길이가 꽤 긴 외투를 입고 다녔는데 길이가 기니까 좋은 점이 많았다. 무엇보다 안에 입을 옷을 크게 신경 쓰지 않아도 되었다. 그래서 봄에는 긴 바바리코트가 있으면 좋겠다고 생각하게 됐다. 오래전부터 바바리는 좋은 걸로 하나 장만해야지 생각해 왔다. 긴 바바리는 유행을 타지 않는 클래식한 옷이라서 그런지 트렌치코트보다는 '바바리'라는 옛날 말로 불러야 그 맛이 산다. 성인이 된 후 바바리 비슷한 외투를 저렴한 것으로 몇 개 사 보았는데, 그야말로 어중간한 봄철 날씨에 입을 것이 없어 방황하다가 깊은 고민 없이 산 것들이라 손이 잘 가지 않았고 결국 옷장 속에서 자리만 차지하다가 버려지곤 했다. 한때 패션에 민감한 여성들 사이에서 영국 버버리사의 트렌치코트가 필수였던 시절도 있었던 것 같은데 버버리사의 코트는 그때도 지금도 내가 넘볼 수 있는 가격대가 아니다. 하지만 이제는 꽤 괜찮은 봄 외투를 장만할 만한 여유가 생겼고 고를 눈도 생겼다는 자신감에, 나는 마흔한 번째 생일을 맞아 제대로 된 바바리를 하나 장만하기로 했다.

가끔 내가 정말 쇼핑에 열과 성을 쏟고 그야말로 진심 어린 노력을 보인다고 느낄 때가 있는데 바로 이렇게 옷을 살 때이다. 백화점이나 거리를 오가다가 마음에 드는 옷을 보고 덥석 구매하는 일은 드물다. 새로운 계절이 되면, 혹은 어떤 특별한 모임이나 여행을 앞두고 있을 때 대충 어떤 옷이 필요하다고 생각되면 인터넷 검색을 시작하고 폭넓은 검색 결과를 토대로 원하는 스타일, 소재, 색상이 점점 구체화된다. 우연히 내가 원하는 모든 속성을 가진 옷을 만날 때도 있지만 이런 경우는 아주 드물다.

그런데 마침 내가 눈여겨보는 어느 영국 디자이너의 인스타그램 계정에 바바리가 떴다. 이 디자이너의 브랜드에서 지난겨울 울 스커트를 하나 사고 그 소재와 만듦새에 탄복한 적이 있었던 터라 바바리 역시 직접 보지 않고 온라인에서 구매해도 실물이 내 마음에 들 확률이 컸다. 그래도 나는 그 바바리에 대해 더 자세히 알아보기로 했다. 내가 구매 결정을 내릴 때 적용하는 매우 엄중한 기준에 이 바바리가 부합하는지 판단해야 했다.

첫째, 예쁜가? 전형적인 트렌치코트는 아니었다. 선은 아주 단순했고 소매를 여미거나 허리를 조이는 끈도 없었다. 그게 바로 매력이었다. 색도 너무 밝거나 어둡지 않은 딱 적당하고 세련된, 밝은 아몬드 색깔이었다. 포인트는 넓은 소매였다. 지나치게 딱딱할 수 있는 실루엣에 살짝 재미를 주고 있었다. 예뻤다.

둘째, 편한가? 어깨선이 둥글고 허리선이 없는 A자 모양의 코트였다. 안에 두꺼운 스웨터를 입거나 재킷을 입어도 편한 넉넉한 모양새였다. 이 기준을 내가 가장 중요하게 여기는 것은 아니었지만 언젠가부터 절대 포기하지 않는 부분이 되기는 했다. 그래서 아무리 예뻐도 불편하면 입지 않는다.

셋째, 내 몸에 맞는 사이즈가 있는가? 넷째, 소재가 좋은가? 다섯째, 관리가 편한가?

어릴 때부터 옷을 살 때 이렇게 긴 체크리스트가 있었던 것은 물론 아니다. 내 돈 주고 내 옷을 사기 시작한 게 스무 살 때부터라고 쳐도 스무 해에 걸쳐 온갖 시행착오를 겪으며 나만의 기준을 만든 것이다. 남의 눈에 어떻게 보일까 하는 것이 유일한 판단 기준이었던 시절도 있었다. 청순해 보이는가? 날씬해 보이는가? 섹시해 보이는가? 똑똑해 보이는가? 세련돼 보이는가? 성숙해 보이는가? 어려 보이는가? 물론 옷을 사고 입을 때 타인의 시선을 완전히 무시하기는 힘들 것이다. 하지만 특정한 이미지로 비치고 싶다는 욕구보다는 특정한 이미지로 보이는 것에 대한 두려움이 판단의 기준이 되기도 했다. 뚱뚱해 보이는 것이 두려웠고 저속해 보이는 것이 두려웠으며 사치스러워 보이는 것도 두려웠다. 때로는 노골적이고 때로는 은근했지만 결코 끊이지 않았던 젊은 여성에 대한 조롱과 가스라이팅의 문화 속에서 살았기 때문에 더욱 그랬을 것이다.

지금은 나의 취향과 미감을 잘 반영하는 옷, 시각적으로 균형 잡히고 색채와 트렌드에 대한 이해를 보여 주는 옷을 고른다. 내가 성숙했기 때문일 수도 있지만 사회와 문화가 나이 든 여성의 차림새에 더 너그럽기 때문일 수도 있다. 그 이외의 기준들은 한 가지 물음으로 요약할 수 있다. 나를 제한하는가?

나는 국내 브랜드의 옷을 잘 사지 않으려고 한다. 가끔 그 결심을 까맣게 잊고 사기도 하는데 예외 없이 얼마 안 가 버려진다. 내 체중과 체형이 한국 여성의 평균 체중, 체형과 거리가 먼 데다 한국 여성 의류는 사이즈가 다양하지 않다. 어렸을 때 엄마와 옷을 사러 다니면 엄마가 점원에게 항상 제일 큰 사이즈로 달라고 했는데 내가 그걸 얼마나 창피해하고 싫어했는지 엄마는 모를 것이다. 어린 나는 그렇게 살이 많이 찐 것도 아니었다. 그런데 국내 브랜드는 늘 나를 비정상적인 여성으로 느껴지게 했고 살을 빼야 입을 수 있는 옷을 팔았다. 거의 모든 국내 여성의 옷장에는 살을 빼면 입으려고 수년 동안 보관만 해 둔 옷이 있다. 국내 여성 의류는 이런 식으로 나에게 제약을 가한다.

불편한 옷, 불편한 구두도 나를 제한한다. 나는 날이 좋을 때는 언제든 긴 산책을 할 수 있는 옷차림을 고수한다.

무릎까지 일자로 떨어지는 펜슬 스커트와 굽이 가느다란 하이힐은 선은 매력적일지 몰라도 사람이 한 시간 이상 착용할 물건이 못 된다. 값싼 소재나 오래가지 않는 옷, 관리가 어려운 옷도 나를 제한한다. 금방 망가져서 다시 사야 한다면, 매번 다림질을 하거나 세탁소에 맡겨야 한다면 시간도 돈도 빼앗겨서 다른 일에 쓸 수 없다.

나를 제한하는 또 다른 옷은 코르셋이다. 여성의 몸과 활동에 엄청난 제약을 가했지만 여성이 앞다투어 더 세게 조였던 것. 코르셋처럼 작용하는 옷은 시대나 문화에 따라 달라져서 어떤 차림이 '탈코르셋'을 지향하는 차림이라고 정의 내릴 수 없다. 뿐만 아니라 여성이 모든 여성의 옷을 거부하고 남성의 옷을 입는다고 해도 제약이 없어지지 않는다. 오히려 전통적으로 여성과 결부되었던 긍정적인 가치들마저 부인하고 남성과 결부된 부정적인 가치들을 포용하는 꼴이 될 수 있다. 나를 가두고 제한하는 요소들이 무엇인지 자각하고 그 제약에 저항하는 일. 그것은 평생을 줄기차게 실천으로 옮겨야 하는 과제이다.

나아가 요즘에는 소비자도 판매자도 친환경적인 소비, 윤리적인 소비를 중요하게 여긴다. 브랜드들은 재배 과정에서 합성 물질을 사용하지 않는다며 앞다투어 유기농 인증을 내세우고 지속 가능성을 고민하며 재활용한 소재를 사용한다. 물론 그조차도 하지 않는 브랜드보다는 낫지만 결국 그 또한 마케팅 전략이다. 가장 확실한 친환경은 새 제품을 사지 않는 것이다. 그래서 한번 살 때 한 번 더 생각하게 된다. 정말 필요한가? 오래 쓸 수 있는가? 결정은 더 어려워진다.

다행히도 영국 디자이너의 바바리는 까다로운 나의 기준을 거의 다 통과했다. 마지막 관문은 가격이다. 합리적인가? 독특하면서도 절제된 디자인이 훌륭하고 비가 와도 좀처럼 젖지 않는 방수 소재라는 점을 고려해도 가격은 만만치 않았다. 해외 구매자는 영국 내 소비세가 반영된 온라인 스토어 가격보다 물건을 더 싸게 살 수 있지만 관세를 지불해야 한다. 영국 파운드 환율을 확인하고 몇 번씩 계산기를 두드려 보지만 선뜻 구매 버튼을 누르기는 힘들다. 일단은 좀 더 생각해 보기로 한다.

이렇게 마음에 드는 물건을 찾기도 힘든데 그동안 들인 시간이 아까워서라도 조금 무리해서 구매를 할까 생각하는 순간 메일이 날아온다. 세일 시작이다. 더 이상 따지지 않고 구매했다. 관세가 책정되고 이를 지불하는 통관 절차를 거쳤는데도 인천 어디 물류 센터에서 배송된 게 아닌가 싶도록 순식간에 도착했다.

올봄에는 나갈 일만 있으면 그 바바리를 입었다. 일부러 나갈 일을 만들고 싶을 정도였다. 산책을 할 때도 입고 고양이를 데리고 동물 병원에 갈 때도 입었다. 집 앞에서 편집자님을 만날 때도 입었다. 그 바바리를 입으면 내가 멋진 사람처럼 보일 줄 알았는데 그게 아니라 그 바바리가 이미 멋진 나를 잘 드러내 주는 것 같아서 한껏 신이 났다. 옷은 제약이 아니라 날개가 되어 주었다.

바바리를 입으면 멋진 사람처럼

보일 줄 알았는데,

그 바바리가 이미 멋진 나를

잘 드러내 주는 것 같다.

누울 자리

나쁘지 않은 삶과
나쁘지 않은 죽음

살아가는 데는 많은 것이 필요하지 않다. 눈비를 피할 지
붕, 따뜻한 햇살, 새들의 노랫소리. 나는 먹는 것도 많이 가
리지 않고 비싼 음식을 고집하지도 않는다. 마실 것도 맑은
물만 넘쳐 나면 그걸로 충분하다. 그리고 내 한 몸 누일 작
은 자리.

　내가 부리는 사치랄 것이 있다면 바로 이 누울 자리를
찾는 데 무척 공을 들이곤 한다는 점이다. 고백하자면 나는
언제나 완벽한 자리를 찾고 있다. 다시 말해 아직 완벽한
자리를 찾지 못했다. 완벽한 자리의 이데아가 날 때부터 내

머릿속에 있었던 것은 아니다. 어렸을 적에는 그저 주어진 자리에 만족했다. 그것은 꽤 푹신했고 넉넉했으며 부드러웠다. 누울 자리란 그런 것인 줄로만 알았다. 그러던 어느 날 나는 새로운 세계를 만나게 된다. 바로 종이 자리의 세계였다. 종이 자리를 써 보고 난 뒤 물컹거리지 않고 든든하게 내 몸을 안아 주는 동시에 사각거리는 맛이 있는 종이 자리를 내가 선호한다는 사실을 깨달았다. 우리 집 일을 봐 주는 집사 부부는 집에 새 자리를 들일 때 항상 찌그러지지 않도록 충전물에 신경을 쓴다. 때로는 충전물을 바로바로 제거하지 않아 나의 인내심을 시험할 때가 있는데 그럴 때는 일단 충전물 옆에 몸을 구기고 앉으면 눈치를 채고 충전물을 치워 준다. 여담이지만 눈치 빠르고 부지런한 집사를 만나기란 쉽지 않은 일이다. 하지만 어느 정도는 내가 하기에 달려 있다는 사실도 나는 안다. 훈련을 잘 시키면 집사는 고양이의 삶에 꽤나 유용하다.

여러 종이 자리에 누워 보면서 나는 내가 선호하는 자리가 가진 속성에 대해 더욱 깊이 생각하고 또 갈구하게 되었다. 일단은 크기가 너무 크지도 작지도 않아야 한다. 몸을 동그랗게 말고 누웠을 때 끼는 듯한 느낌이 있어야 한다.

그다음으로 중요한 것이 네 옆면의 높이인데 너무 낮으면 몸을 잘 잡아 주지 못하고 너무 높으면 시야를 가려 불편하다. 머리를 들고 앉았을 때 옆면에 앞다리를 걸치고 그 위에 머리를 놓을 수 있다면 적당한 높이다. 앞다리를 걸쳤을 때 불편감이 없도록 약간의 두께나 입체감이 있으면 더할 나위 없다. 덮개가 있는 스타일을 좋아하는 친구들도 있는데 개묘적으로는 선호하지 않는다. 그 밖에도 종이 자리의 강도, 바닥 면의 두께, 옆면과 바닥 면의 이음새 마감 수준, 종이의 냄새 등 최고의 종이 자리를 만드는 속성들을 나열하자면 끝도 없다.

집사가 종이 자리를 대령할 때마다 나는 지체 않고 사용해 보는 편이다. 아무래도 직접 써 봐야 마음에 드는지 알 수 있다. 종이 자리의 위치 또한 중요한데 계절별로 최적의 위치가 달라지기 때문에 형편이 허락한다면 종이 자리 여러 개를 여러 곳에 두고 사용하는 것을 추천한다. 남쪽 낮은 하늘에서 빛이 집 안 깊은 구석까지 들어오는 겨울에는 거실 안쪽에 놓인 널찍한 종이 자리가 나의 최애 자리다. 앞서 말했듯 나는 언제나 완벽한 종이 자리를 찾기 위해 내 한 몸을 구겨 넣을 준비가 되어 있다. 삶이란 끊임없이 탐구하면서 나를 알아 가는 여정이다.

인터넷으로 경기도 외곽의 한 반려동물 장례식장을 예약하자마자 문자 메시지가 도착했다. 예약이 완료되었으며 아이가 즐겨 입던 옷가지나 물품, 장난감을 챙겨 오라고 했다. '아이'라고 했다. 동물 병원에서도 우리 고양이 술이는 항상 '애기'였다. "술이 보호자님, 애기 데리고 진료실로 들어가실게요." 우리 애기는 옷을 질색했고 장난감에도 큰 관심이 없었다. 16년 9개월을 사는 동안 우리 애기가 가장 열광했던 물품이 있다면 집 안 곳곳에 있는 종이 상자였다. 크고 납작한 상자로는 맥주 24캔들이 상자, 혹은 육개장 사발면 6개들이 상자를 선호했다. 좀 더 아늑한 느낌이 필요할 때는 신발을 살 때 따라오는 상자로 들어갔다. 적당히 깊다 싶은 정사각형 상자도 좋아했다.

다양한 상자는 베란다에도, 계단 옆에도, 부엌에도 상시 배치되어 있었다. 술이의 무게에 눌려 상자 귀퉁이가 찢어지면 비슷한 다른 상자로 바꿔 두었다. 아주 어여쁜 핑크빛의 고양이 침대나 고양이 귀처럼 뾰족한 두 귀퉁이를 가진 라탄 집도 사 주어 봤지만 철저히 외면을 당했다. 누울 자리에 관한 한 술이의 취향은 명확했고 술이가 글을 쓸 수 있었다면 누울 자리에 대해 할 말이 아주 많았을 것이다.

술이를 보내기 전에는 술이가 떠나고 난 뒤, 내게 더 이상 고양이가 없다는 사실을 깜빡 잊는 순간이 있을 거라고 생각했다. 고양이가 밖으로 튀어 나가지 않도록 문을 열 때 긴장부터 한다든가, 약 먹일 시간이 되어 알람이 울리면 어김없이 일어나 약이 보관된 찬장으로 간다든가, 조용히 우리 애기 이름을 부른다든가. 그런데 그런 일은 없었다. 술이가 떠난 다음 날 아침 눈을 뜨자마자, 술이가 더 이상 이 세상에 없다는 사실이 몹시 강렬하고 무자비하게 밀려들었다. 우리 '애기'의 부재는 쉽게 잊을 수 있는 성격의 것이 아니었다.

결혼하고 1년이 좀 넘어 술이를 데리고 왔다. 귀가 접힌 스코티시폴드 품종의 고양이가 너무 귀여워 보여서 가정 분양을 한다는 글을 보고 연락했다. 그런데 아이를 데려오기 직전, 스코티시폴드 고양이는 귀뿐 아니라 다른 부위의 연골에도 문제가 있을 수 있다는 글을 어디선가 읽었다. 결국 같은 배에서 났지만 귀가 접힌 아이가 아닌 귀가 선 아이를 데리고 왔다. 그게 술이였다. 지금도 후회스럽다. 귀가 접혔든 섰든 인간의 눈에 좀 더 귀여워 보이도록 외모를 개량했기 때문에 유전병이 생기지 않을 수 없었던 품종 고양이를 데리고 온 것, 그래서 그 산업에 일조한 것이.

하지만 그 당시에는 중성화 수술을 시키면서 가장 뼈아프게 후회했다. 마취제가 들어가고 아이가 눈을 뜬 채 잠에 빠지는 것을 보았을 때 내가 한 생명을 좌지우지하게 되었다는 사실이 비로소 사무쳤다. 그렇지만 일단 키우기로 한 이상 후퇴는 없었다. 그 이후로도 술이는 내가 수차례 잘못하고 후회하고 잘못하고 후회했는데도 변함없이 나를 사랑해 주었다. 나와 사는 동안 거의 하루도 빠짐없이 아침마다 내 머리맡으로 와서 인사를 했다. 여러 정황으로 미루어 꼭 배가 고파서 그랬던 것만은 아니라고 확실히 말할 수 있다. 술이는 잔손이 가지 않는 아이였고 마지막 순간까지 그림처럼 예쁜 아이였다.

술이는 열네 살 때 뒷다리에 마비가 왔다. 심장 근육이 두꺼워져서 피가 원활하게 흐르지 못하고 혈전이 생긴 것이라고 했다. 그 혈전이 뒷다리로 가는 핏줄을 막았다고 했다. 죽을 수도 있다고 했다. 이 품종의 고양이에게는 그런 유전병이 많다고 했다. 또 후회했다. 다행히 술이는 사흘간

입원해 있는 동안 많이 호전되었다. 퇴원해서 아침저녁으로 약을 먹이고 한 달에 한 번 정도 병원에서 심장 크기와 신장 수치 등을 확인하면 된다고 했다. 완치는 없지만 약을 먹으면서 1년을 더 사는 고양이도 있다고 했다.

아침저녁으로 약을 먹인다는 것은 말이 쉽지 정말 고역이었다. 온몸으로 거부하는, 이도 발톱도 날카로운 최상위 포식자의 목구멍에 캡슐을 넣는 일은 불가능하게 느껴졌다. 처음에는 한 알을 먹이기 위해 10여 분 동안 씨름했고, 일단 먹이고 난 뒤에는 다음 약 시간이 다가오는 것이 너무 두렵고 불안했다. 그런데 이 세상 일이 다 그렇듯 하다 보면 요령이 생기고 익숙해진다. 몇 달이 지나자 약을 먹이는 데 10초가량 짧은 시간만 소요됐다. 그 과정에서 술이의 환심을 사기 위해 그 어느 때보다 자세히 술이를 관찰했고 별의별 간식을 제공하고 다양한 놀이를 제안했다. 그동안에는 없었던 교감이 가능해지기 시작했다. 이 교감은 아마도 술이의 심장병이 우리에게 준 가장 큰 선물이었을 것이다.

그럼에도 술이가 원하는 것을 정확히 짚어 내기란 어려웠다. 운이 좋으면 1년을 살 수도 있다는 고양이는 두 해를 넘겼지만 그 무렵 음식을 거부하기 시작했다. 병원에서는 사흘 이상 굶으면 간에 무리가 와서 죽을 수도 있으니 콧줄을 달아 강제로라도 유동식을 급여해야 한다고 했다. 나는 이미 불치병이 있는 아이에게 강제 급여를 해서 수명을 늘리는 것이 과연 옳을까 고민해야 했다. 일단 그렇게 하지 않기로 결정했는데 다음 날 술이가 다시 밥을 먹기 시작했다. 하지만 식욕은 예전만 못 했고 그 이후 석 달간 술이의 몸무게는 계속해서 줄었다. 심장을 계속 뛰게 하고 폐에 물이 차는 것을 막는 약은 결국 신장도 망가뜨리기 시작했다.

석 달간 매일 호흡수를 체크하고 몸무게를 재면서, 활동량이 줄고 잠이 많아지는 술이를 보면서, 물과 약을 제외하고는 아무것도 먹지 않다시피 하고 몇 주가 지나도록 아무것도 못하고 지켜보면서, 술이가 잠을 자다가 평화롭게 떠나 주었으면 좋겠다고 생각했다. 그토록 싫어하는, 아니 두려워하는 병원이 아니라 집에서 평화롭게 죽는 것이 술이에게 가장 아름다운 마지막일 것이라고 생각했다. 그런데 술이는 떠나지 않았고 몸무게는 자꾸만 줄었다. 평화로우려면 고통이 없어야 하는데 고양이는 언뜻 보면 평온해 보이지만 사실은 고통을 감추고 있는 경우가 많다. 나의 임무는 술이가 혹시 감추고 있을 고통이 어느 정도인지 판단해서 그 고통이 너무 심해지기 전에 평온한 마지막을 맞게 해 주는 것이었다. 아이가 감추고 있을 고통, 그리고 앞으로 느끼게 될 고통과 병원에서 느낄 두려움을 저울질해서 아이의 마지막을 결정하는 임무를 수행하지 않는다면 직무유기다. 나는 동물을 키우는 일이 밥을 먹이고 똥을 치우고 놀아 주고 예뻐해 주고 상자를 여기저기 놓아 주는 일인 줄만 알았지, 그것이 한 생명에게 죽음의 시간까지 선고하는 일임을 술이를 만나기 전에는 몰랐다. 뒤늦게 얻은 깨달음은 엄청난 중압감과 슬픔으로 나를 내리눌렀다.

워낙 종이 상자를 좋아했기에 마지막 가는 길도 종이 상자에 넣어 줄까 싶었는데 이번만큼은 집사의 욕심대로 하기로 했다. 너무 크지도 작지도 않은, 아늑한 오동나무 상자에 누이고 한지 이불을 덮어 주었다. 나쁘지 않은 삶을 주려고 노력했고 나쁘지 않은 죽음을 주려고 노력했지만 어찌됐건 미안하다고 나는 속으로 말했다. 나의 아이에게 어떤 삶을, 어떤 죽음을 제공했든 끝없는 미안함을 느끼는 것도 집사 임무의 연장이었다. 이런 것들을 깨닫기까지 나는 우리 애기와 만나고 또 헤어져야 했다. 나에게 사랑과 가르침을 준 아가, 엄마가 미안했어. 또 만나자, 우리 술이.

책상

돌보는
존재로서의 나

때는 1987년, 장소는 과천 시민의 지혜로운 소비 생활을 책임지던 '새서울 쇼핑'.

"이게 좋겠다. 이걸로 하자."

엄마 아빠가 매장에 전시된 제법 커다란 아동용 책상과 책장 세트를 보자마자 한입으로 말했다. 아주 무난하고 매우 실용적인 책상 세트였다. 여덟 살의 나는 이 평범한 책장 세트가 마음에 들지 않았다. 하지만 싫다는 말을 어떻게 해야 할지 몰랐다. 그런데 말할 필요가 없었다. 그 순간 나도 모르게 서러운 감정이 북받쳐 올라왔다. 눈에서 눈물이

뚝뚝 떨어지기 시작했다. 나도 가구 매장에서 울고 있는 내가 창피했다. 하지만 싫은 건 싫은 거였다. 당황한 엄마 아빠는 나를 데리고 매장을 나오며 웃음을 지었다.

나는 좀 전에 보았던 작은 접이식 책상이 훨씬 더 좋았다. 세 칸짜리 서랍장 위에 기울어진 덮개가 있고 이 덮개를 펼치면 책상이 되는 형태였다. 영국에서는 이런 책상을 뷰로bureau, 혹은 편지 쓰는 책상writing desk이라고 한다. 붉은 기가 도는 짙은 갈색이었다.

우리는 책상을 사러 과천 시내의 가장 큰 쇼핑 센터였던 새서울 쇼핑에 와 있었다. 당시 멀지 않은 서울 강남에는 뉴코아 백화점도 있었고 도심에 있는 신세계 백화점으로 직행하는 버스도 있었지만 우리는 대체로 걸어서 갈 수 있는 새서울 쇼핑에서 물건을 샀다. '새'서울, '뉴'코아, '신'세계. 어지간히 새로운 것을 갈망하던 시기였나 보다. 새서울 쇼핑의 한 원목 가구점에서 이 뷰로 책상을 보자마자 나는 마음을 빼앗겼다. 동화 속에서나 나올 것 같은, 소공녀가 앉아 아버지에게 편지를 쓸 것 같은 책상이었다. 덮개를 닫아 놓으면 그냥 수납장처럼 생겼지만 열면 덮개의 안쪽 면이 책상의 윗면이 된다. 덮개를 닫았을 때 가려지는 안쪽 공간에는 온갖 문구를 수납할 수 있고 작은 액자를 세워 놓을 수도 있다. 하지만 마음에 든다고 그 자리에서 덥석 사 줄 수는 없었을 것이다. 부모님은 다른 책상을 좀 더 구경한 뒤 결정하고 싶었을 것이다. 걸음을 옮기던 우리 눈에 당시 좀 더 흔히 볼 수 있었던 아동용 책장과 책상 세트가 들어온 것이다. 가격도 비교적 저렴했던 것 같다.

나는 원하는 바를 얻고자 닭똥 같은 눈물을 장전했다가 때를 봐서 발사하는 그런 계산적인 아이는 결코 아니었다. 눈물은 정말 저절로 흘렀다. 나 또한 당황스러웠다. 내가 그 뷰로 책상을 그렇게 절실히 원했던가? 어쨌거나 마음약한 엄마 아빠는 뷰로 책상을 선뜻 사 주셨다.

첫눈에 반한 책상이었지만 이 책상에서 공부를 그다지 열심히 했던 기억은 없다. 부모님의 우려대로 크기가 작고 실용성이 다소 부족했던 것 같다. 하지만 책상 앞에 붙어 있지 않아도 성적에는 지장이 없어서 그랬는지 이후로 책상의 실용성은 큰 문제가 되지 않았다. 부모님은 내가 결혼한 뒤에도 이 책상을 버리지 않고 놔두었고, 이 책상은 큰 쓰임새 없이 서랍 속에 묵은 물건들을 품은 채 그럭저럭 살아남았다.

나이가 들고 새로운 눈으로 책상을 보니 짙고 붉은 색상 때문에 다른 가구와 잘 어우러지지 않았고 유럽의 골동품 가구를 흉내 낸 모습은 왠지 어설프게 느껴졌다. 30년이 넘은 책상을 눈엣가시처럼 여기던 내가 자리만 차지하던 이 책상을 버리기로 결심한 것도 여러 번이다. 그런데 책상을 버리려고 할 때마다 내가 새서울 쇼핑에서 터뜨렸던 눈물이 생각나는 것이다. 물건을 보자마자 순간적으로 생겨 버린 애착과 그 애착을 의식하기도 전에 터져 나온 서운함의 감정. 첫눈에 반해 버렸던 추억 때문에 차마 대형 쓰레기 스티커를 붙이고 대문 앞에 내놓을 수가 없었다.

　결국, 이왕에 버릴 거면 책상에 색을 한번 입혀 보고 그래도 정 어울리지 않으면 버려야겠다고 생각했다. 가까운 페인트 가게에 가서 하도제와 페인트를 샀다. 버섯 크림 스프 색깔이었다. 서랍을 빼고 손잡이 등 철물도 다 분리했다. 표면에서 이물질을 제거하고 하도제를 칠한 다음 충분히 기다렸다. 그리고 나서 다시 페인트를 한 겹 바르고 충분히 기다렸다가 또 한 겹 발랐다. 벽에 페인트를 칠해 본 경험, 실패해 본 경험이 여럿 있어서 어딜 신경 써야 할지 무얼 조심해야 할지 알고 있었다. 색을 고를 때도, 덧칠을 할 때도 신중 또 신중했다. 동그랗고 커다란 적갈색 손잡이는 작고 날렵한 검은색 손잡이로 교체했다. 이렇게 해서 은은하면서도 화사한 빛깔을 입게 된 책상은 흰 벽지를 바른 방 안에 자연스럽게 녹아들었다. 오며 가며 책상을 볼 때마다 마음에 쏙 들었다. 정성 들여 색을 칠한 뒤여서 이제는 더더욱 버릴 수 없었다. 나는 책상에 새로운 용도를 부여했다. 여기저기 퍼져 있는 바이올린 독주 악보, 실내악 악보, 오케스트라 악보와 총보, 음악 관련 책, 스페어 현, 연주자의 사인이 들어 있는 연주 프로그램 등을 책상 속 넉넉한 수납 공간에 모았다. 이 책상과 피아노 의자, 그리고 그 옆에 놓인 보면대는 어디에 놓이든 평생 나의 작은 바이올린 연습실이 되어 줄 터이다.

30년 전 나의 취향과 선택에 꼭 책임을 질 필요는 없다. 쓰지도 않는데 과거에 내가 했던 선택이라는 이유만으로 온갖 짐을 이고 지고 사는 것은 내 방식이 아니다. 하지만 첫눈에 반했던 추억을 이유로 버리지 못한 물건에 정성을 들이자 이 물건에 다시 반할 수 있었다. 물건과의 인연은 그 물건을 구매하는 데서 끝나는 것이 아니었다. 오히려 그 물건을 돌보면서 쌓은 정은 첫눈에 반하던 순간의 짜릿한 희열을 능가하는 마음의 풍요로움, 안정감을 선사했다.

내가 지금 컴퓨터를 놓고 작업을 하고 있는 책상은 무려 6인용 식탁이다. 티크 원목을 이어 붙여 만든 형태로 나뭇결이 은은하다. 색이 너무 진하지도 밝지도 않으며 가구의 선도 단순하다. 하지만 완벽한 비율과 시원시원한 크기 덕분에 존재감이 있다.

단점은 마감이 되어 있지 않다는 점이다. 어떤 바니시나 도료도 칠해지지 않은 상태의 나무다. 이는 장점이기도 하다. 번들거림이 없고 나무 고유의 색이 차분하게 드러나 있다. 하지만 마감이 되어 있지 않아 기름이 떨어지면 기름자국이 남고 김치가 떨어지면 김치 자국이 남기 때문에 바로바로 닦아야 한다는 불편함이 있었다. 바로 닦아 내도 세월과 함께 식탁에는 이런저런 얼룩이 제법 생겼다. 제품의 브랜드 웹사이트에 찾아갔더니 놀랍게도 물과 주방 세제로 닦을 것을 추천했다. 도움이 되는 것 같았다.

그런데 또 몇 년 흐르니 여기저기 보기 싫은 얼룩이 생겼다. 사포질을 했다. 좀 나아진 것 같았지만 아주 만족스럽지는 않았다. 검색 끝에 어느 블로그에서 원목의 아름다움을 가장 잘 나타내 주는 마감은 호두 기름이라는 글을 보았다. 마침 찬장에 호두가 있었다. 호두를 면포에 싸서 문질러 보았다. 기름이 묻어 나왔지만 좀 부족한 듯했다. 결국 호두를 있는 그대로 식탁 위에 문질러 으깨어 보았다. 티크 식탁의 표면이 호두 기름을 흡수하면서 은은한 광택을 내기 시작했다. 그때부터 손이 아픈 줄도 모르고 엄지손가락으로 호두를 눌러 으깨어 식탁 전체에 문질렀다. 마지막으로 마른 행주로 닦아 내니 그 모습이 실로 찬연했다.

뿐만 아니라 시간이 흐르면서 식탁의 긴 면, 즉 손과 팔이 자주 닿는 부분은 그 어떤 사포로 문지르거나 기름으로 칠한 나무보다 부드러운 질감을 갖게 되었다. 사람의 살갗에서 나오는 기름, 그야말로 손때가 묻어 반들반들해진 나무가 주는 쾌감이 있다. 마침 주방에는 다른 붙박이 식탁이 있었고, 내가 전업 재택근무를 시작하면서 이 식탁은 자연스럽게 업무용 책상이 되었다. 혼자서 쓰기에 너무 크지만 그래서 좋다. 뭐랄까, 사치스럽다. 마치 혼자서 킹사이즈 침대에 자는 기분이다. 비워 둔 공간에서 느껴지는 호화로운 분위기가 있다. 책상에 앉으면 기분이 좋다. 책상에 앉아 있는 근무 시간의 상당 부분은 해외 클라이언트를 위한 업무에 할애한다. 이 일은 때로 흥미롭지만 대체로 반복적

이고 따분하다. 하지만 손때가 묻어 더욱 사랑스러워진 책
상 덕분에 견딜 만하다.

　종종 중고 거래 사이트에 이 책상과 동일한 브랜드의 가
구가 올라온 걸 본다. 물건 사진에는 거의 예외 없이 기름
자국이 보인다. 판매 글에는 사용감이 좀 있다, 마감이 되
어 있지 않아서 사용하기 까다롭지만 목재가 고급스럽다,
관리만 잘하면 얼마나 좋은 가구인지 아는 사람은 안다, 이
런 식의 설명이 꼭 붙어 있다. 집이 넓다면 이런 물건들을
죄다 사들여 고운 사포로 다듬고 호두 기름을 입힌 다음 탁
트인 공간에 무심한 듯 툭툭 배치해 두고 싶다. 하지만 집
은 좁고 땅은 비싸며 클라이언트는 짜다. 어쨌거나 관리의
노하우를 가진 사람에게는 훌륭한 물건이다. 어떤 물건이
그렇지 않을까. 어떤 사람이 그렇지 않을까. 어떤 세계가
그렇지 않을까.

　사람이나 관념이 아닌 물건에 대한 지나친 집착을 늘 경
계하고는 있지만 내가 정성스럽게 돌보아 더욱 사랑스럽게
된 물건들을 보고 있으면 물건에 대한 애정이 꼭 그렇게 경
계해야 할 대상인가 싶다. 물론 물질에 대한 욕구는 자본주
의가 부추기는 것이 분명하고 이것은 아파서 신음하는 지

구를 만드는 데 일조하고 있지만 그렇다고 해서 물건과 맺는 모든 관계를 부정적으로 볼 수는 없다. 쓰던 물건을 버리고 새 물건을 사는 방식은 지속 가능하지 않다. '새'서울, '뉴'코아, '신'세계 백화점에서 새 물건에 마음을 사로잡히고 그 물건을 구매할 때 느끼는 짜릿함보다 물건과 오랜 관계를 지속하면서 더 만족감을 느끼는 이유는 아마도 세월이 지날수록 물건이 나의 존재를 반영하게 되기 때문일 것이다. 그리고 그 존재는 돌보는 존재다. 새로운 물건을, 건축물을, 기술을 설계하고 창조하고 사고파는 역동적인 행위들은 우리를 흥분과 기대감으로 들뜨게 한다. 세상은 보다 진취적으로 생각하고 만들고 이루어 내라고 우리에게 말한다. 하지만 지구는 손쉽게 버리고 새로 구매할 수 없다. 지구를 돌보는 마음, 그 마음의 귀중함과 힘, 잠재력에 주목하는 세상이 되어야 한다고 나의 손때 묻은 물건들은 말한다.

물건을 돌보면서 쌓은 정은

첫눈에 반하던 순간의 짜릿한 희열을

능가하는 마음의 풍요로움,

안정감을 선사한다.

작업실

없어도 무방하지 않은
나만의 방

나의 첫 직장은 내가 석사 과정을 수료한 대학교의 언어 교육원이었다. 서양 고전학 협동 과정에서 석사 과정을 수료한 뒤 논문을 쓰려는데 엄청난 회의감이 들었다. 번역을 해서 번 돈으로 학비를 낼 수는 있었지만 사실상 우리 부부가 생계를 이어 가는 데 필요한 돈은 남편이 벌고 있었다. 제대로 돈을 벌지 않고 대학원 공부를 계속하려면 내가 공부하고 싶은 주제에 대해, 나의 학자로서의 커리어에 대해 뭔가 뚜렷한 목표가 있어야 할 것 같았다. 그런 게 없었다. 그 무렵 마침 채용 공고가 보였다. 언어 교육원에서 언어 능력

측정 시험을 만드는 연구원을 찾고 있었다. 토플이나 토익이 대표적인 언어 능력 측정 시험이다. 이 대학교의 대학원에 가기 위해서 봐야 하는 시험인데 정작 나는 대학원 입학 당시 시험을 보지 않았다. 미국 대학교에서 학부를 졸업한 사람은 점수를 제출할 필요가 없었기 때문이다. 하지만 채용에 걸림돌이 되지는 않았다. 필기시험과 면접을 보고 연구원으로 채용됐다.

생애 첫 취업은 생각보다 간단했다. 근무 조건도 좋았다. 정규직은 아니었고 월급도 대기업에 취직한 동기들에 비하면 미미했지만 번역을 해서 버는 돈에 비하면 훨씬 많았던 데다가 일을 하면서 동시에 번역가로서의 커리어를 쌓아 나갈 수 있는 일자리라고 생각해서 만족스러웠다. 스물여덟이었는데 나는 뭔가 대단한 사람이 되고 싶다는 막연한 생각만 있었지, 무얼 해서 그런 사람이 될지는 모르는 상태였다. 대단한 사람이 되는 것도 중요했지만 당장 나에게 더 중요한 것은 내가 먹고 입고 사는 데 필요한 돈을 내가 벌 수 있는 능력이었다. 내가 쓸 학비와 내 옷과 책을 살 용돈만 버는 게 아니라 남편과 내가 공동으로 꾸려 가는 생활에 보탬이 될 만한 돈을 버는 일을 학업이라는 이유로 자꾸 미루고 싶지 않았다. 두둑해지는 통장과 함께 꼿꼿해지는 자존심은 생각 외로 달콤했다.

회사 일은 그다지 어렵지 않았다. 교수들이 출제한 문제를 수정하고 때로는 왕창 뜯어고치고 난이도를 조정하는 일. 이 과정에서 캐나다, 미국, 호주 출신 원어민 연구원들과 토의해야 했다. 또 시험지를 실제로 제작하고 시험을 감독하기도 하는 조교실, 전산실 직원들과도 소통해야 했다. 이 일은 그동안 혼자 번역 일을 하면서 느껴 보지 못했던 새로운 즐거움을 주었다. 정말 좋은 것은 연구원 두 명이 공동으로 사용하는 연구실이었다. 연구실은 책상 두 개만으로도 꽉 찰 정도로 좁았지만 창문도 있었고 조용했다. 옆자리 연구원이 휴가라도 내는 날이면 연구실을 독차지했다. 평화로웠다. 동료들과 소통이 필요할 때는 회의실에서, 연구실 밖 복도에서, 조교실에서 이야기를 나눌 수 있었지만 집중하고 싶을 때는 그럴 수 있는 공간이 있다는 게 좋았다.

하지만 이곳에서의 직장 생활은 그다지 오래 이어지지 못했다. 직속 상사를 제외한 다른 '높은 분'들과의 관계가 문제였다. 대학 내 기관이었으므로 '높은 분'들은 모두 교수였다. 내 직함은 연구원이었으나 학업을 이수하거나 내 연구를 하는 역할은 아니었고 그야말로 정해진 일을 하고 월급을 받는 직장인이었는데 마치 대학원생 같은 대우를 받고 있다는 기분이 들었다. 일반적인 국내 대학원생의 처우, 대학 내 교수와 학생 간 관계의 특성이나 불평등에 관해서는 이미 적지 않은 이야기가 세상에 나와 있지만 거기에 나만의 경험을 군이 얹어 보자면 나는 지금까지 살면서 인간적으로 아주 모욕적인 취급을 받은 일이 세 차례 있었는데 모두 이 대학교에서였다. 세 번째로 모욕적인 취급을 당했을 때 이 직장을, 이 학교를 멀리 해야겠다고 생각했다. 뒤도 돌아보지 않고 나왔다.

나온 뒤에는 다른 직장을 구하기보다 프리랜서로 일을 하기로 했고 무슨 일을 하든 전 직장에서 벌던 월급만큼은 벌어야겠다고 생각했다. 이미 자립의 상쾌한 맛을 본 뒤였다. 전 직장에서 만났던 좋은 동료들과 더 이상 일을 할 수 없는 것은 아쉬웠다. 그런데 그보다 더 아쉬웠던 것이 바로 연구실이었다. 내가 일과 오롯이 마주할 수 있었던 공간이었다. 제대로 된 프리랜서가 되려면 작업실이 있어야겠다는 생각이 들었다. 무얼 시작하기도 전에 장비부터 갖추는

'장비병'이나 어떤 허세 같은 것으로 치부해 버릴 수는 없는 마음이었다. 이유는 이렇다.

　나는 첫 직장을 다녀 보고 나서야 일하는 여성을 일하는 여성으로 보게 만드는 남의 시선, 그리고 나의 시선에 주목하게 됐다. 다시 말해 어떤 조건들이 충족되지 않으면 일하는 여성은 일을 하고 돈을 벌어도 남편이 벌어다 주는 돈으로 집에서 놀고먹는 여자로 취급받을 위험이 크다.

　아마도 글을 만지는 일을 하는 여성들, 특히 기혼 여성 중 자기만의 작업실이 있으면 좋겠다고 생각해 보지 않은 사람은 단 한 명도 없을 것이라고 장담해 본다. 집에서 돈 버는 일을 하면 내 정체성이 주부인지 아니면 일을 해서 돈을 버는 사람인지 모호해진다. 일은 집에서 하면서 남편의 아침 식사는 챙겨 주지 않아도 되는지, 혹은 밥을 차리지 않고 사 먹어도 되는지 헷갈린다. 집 안에 있는 여성의 역할에 대한 해묵은 사회적 동의가 있어 왔고 나 또한 그 생각에서 자유롭기가 힘들기 때문이다. 집안일은 가치 없는 일이고 주부가 하찮은 사람이라는 말이 아니다. 주부의 역할이 여성에게는 선택의 여지없이 자동적으로 주어진 역할이라는 점이 문제였다. 나를 위해, 주부의 삶 이외의 가능성에 대해서 충분히 치열하게 고민할 기회를 확보하지 않으면 안 됐다. 내가 내 살 곳을 정갈하게 유지하고 단정하게 옷을 입고 먹을 음식을 건강하게 준비하는 일에 대한 고민을 시작한 것은 오히려 나의 일이 어느 정도 궤도에 오른 뒤였다.

앨리스 먼로의 단편 소설 〈작업실The Office〉에서도 화자는 글을 쓰기 위해 작업실을 구하겠다는 것이 "까다로운 요구, 나만을 위한 흔치 않은 사치" 같이 느껴졌다고 했다. 그리고 남편에게 왜 작업실이 필요한지, 남자는 집에서 일을 해도 괜찮지만 왜 여자는 그럴 수 없는지 설명하면서 "여자에게 집은 좀 다르다… 여자는 곧 집이다. 떼어 놓을 수가 없다"고 말한다.

게다가 집에서 일을 하면 무엇보다 집안일이 눈에 밟힌다. 부엌에 쌓인 설거지, 빨래, 분리해서 내놓아야 하는 쓰레기, 창틀에 뽀얗게 앉은 먼지. 이 모든 집안일을 하루 업무가 끝날 때까지, 혹은 한 주의 근무가 끝나는 주말까지 미루어 놓으려면 비위가 좋아야 한다. 뿐만 아니라 집에서 일을 하면 일과 휴식의 경계가 없다. 직장에서 퇴근하고 집에 오면 집은 오롯이 휴식의 공간이지만 집에서 어느 때고 상관없이 일을 하다 보면 일할 때는 쉬는 시간을 빼앗기는 것 같고 쉴 때는 일할 시간을 빼앗기는 것 같다. 한순간도 편하지 않다. 게다가 내 일정이 한집에 살고 있는 다른 사람의 스케줄의 영향을 받지 않을 수 없다. 물론 이 모든 것은 의지로 해결할 수 있다. 그러나 나에게 의지력은 한정된 자원이다. 업무에 집중하는 데 의지력을 너무 많이 쓰면 다른 데에서, 가령 돈을 관리하거나 건강을 관리하는 영역에서 쓸 의지력이 없어진다. 하지만 환경을 바꾸면 너무 애를 쓰지 않아도 행동이 자연스럽게 바뀐다.

버지니아 울프까지 들먹이지 않더라도, 아무리 생각해도 내가 작업실을 가져야 할 이유는 차고 넘쳤다. 그렇지만 서울 시내 오피스텔의 월세는 결코 만만치 않았고 내가 그 월세를 내고도 남은 돈으로 생계를 유지할 수 있을 만큼 돈을 벌 수 있을지 자신이 없었다. 일단 1년만 해 보기로 했다. 일대일로 영어를 가르치거나, 영어 말하기 대회의 심사 위원으로 활동하기도 했다. 우리나라 영화와 방송 프로그램에 영어 자막을 다는 일, 건축 잡지 기사를 영어로 번역하는 일 등 들어오는 일은 거절하지 않았고 들어오지 않는 일은 찾아서 했다. 물론 영어 도서를 우리말로 번역하는 일도 꾸준히 했다. 수입은 크게 줄지 않았고 자신감은 크게 늘었다. 일을 하기 위해 작업실이 필요했고 작업실 월세를 내기 위해 일을 더 떠안는 쳇바퀴 같은 생활이었지만 덕분에 내가 좋아하는 일과 싫어하는 일, 잘하는 일과 못하는 일, 돈이 되는 일과 안 되는 일에 대해 여러 좋은 깨달음을 얻었고 프리랜서의 삶에 꼭 필요한 귀중한 현실 감각을 얻었다. 그리고 남편과 둘뿐이기는 해도 우리 식구는 내가 책임질 수 있다는 자신이 생겼다.

전업으로 돈을 번 뒤, 그러니까 전업으로 바깥일을 한 뒤 내가 하는 일의 가치를 객관적으로 볼 수 있게 된 것이다. '내 몸값이 얼만데 이런 것도 못 사 먹어?' 할 수 있게 된 것이다. 집 안에서 내가 하던 일의 가치 또한 객관적으로 보게 됐다. '내가 나가니까 집 꼴이 이렇게 금방 엉망이 되는군?'

우리는 종종 여러 물질적인 것을 없어도 무방한 것으로 치부하곤 한다. 정신력 같은 것으로 대신할 수 있다고 생각한다. 그러나 나의 오피스텔 작업실, 그러니까 내가 돈을 주고 확보한 물질적인 환경은 없어도 무방한 것이 아니었다. 집 안을 지켜야 할 사람으로 여겨지는 여성이었기 때문에 더욱 그러했다. 뿐만 아니라 나는 남들에 비해 내가 있는 공간을 매우 중요시하는 편이다. 좋아하는 공간에 있으면 마음이 지극히 편안해지지만 거슬리는 요소가 많은 공간에 있으면 몹시 불안해진다. 이 사실 또한 내 작업실을 갖고 나서 깨달았다. 오피스텔 작업실에서의 실험은 1년 좀 넘게 계속됐다. 나중에는 서울 시내 한가운데의 공유 오피스를 빌려 보기도 했다. 적지 않은 돈이었지만 내가 나의 작업실, 나만의 방에 들인 월세는 언제나 가장 잘 쓴 돈이었다. 가장 필수적인 지출이었다.

2부

충동이 없으면
지불하지 않는다

건조기

모든 새것은 결국
허름해진다

물건을 새로 사는 행위가 주는 쾌감은 대단하다. 아름다운 물건이거나 누구나 원하는 물건이기 때문에 생기는 쾌감도 있지만 많은 경우 일상을 향상시켜 주기 때문이다. 가령 이번에 나는 빨래 건조기를 새로 샀는데 몇 번 써 보기가 무섭게, 요즘 대한민국에서 하루가 다르게 늘어나고 있다는 건조기 예찬가 중 한 명이 되었다. 건조기를 처음 써 보는 것도 아니다. 유학 생활 때에도 건조기를 써 보았고, 지금까지도 건조 기능이 있는 세탁기를 써 오면서 건조 기능을 누구보다 알차게 이용했다. 그래서 주위의 건조기 예찬가들이 앉은 자리에서 건조기 얘기만 반 시간 동안 하는 것을 보면서 '그래, 건조기란 원래 편리한 거야. 이제 알았니?'라고 생각해 왔다. 하지만 세탁기와 분리된, 오직 건조만을 위한 전기 건조기를 써 보고는 비로소 다들 왜 그렇게 찬양했는지 알게 된 것이다. 이유가 궁금하다면 주변에 건조기를 가진 사람에게 물어보기를 바란다. 기꺼이 건조기 찬가를 읊을 것이며 예찬가 두 명이 모이면 반 시간을, 세 명이 모이면 한 시간을 건조기 얘기만 해 댈 것이다. 그러니 굳이 이 글에서 건조기의 장점을 늘어놓을 생각은 없다. 새 물건이 주는 쾌감에 대해서 이야기를 하려고 했는데 잠깐 곁길로 새 버렸다. 아무튼 잘 빨린 빨래를 건조기에 넣고 돌리는 동안 글을 쓰거나 잠시 침대에 누운 채 뒤꼍에서 들어와 앞마당으로 빠져나가는 바람을 느끼는 기분은 실로 무척 개운하다.

건조기뿐이 아니다. 이번에 세탁기도, 냉장고도 새것으로 바꾸었다. 결혼한 지 어느덧 열여덟 해가 넘어가는 터라 물건들이 하나둘 수명을 다했다. 가구도 몇 가지 새로 들였더니 다시 신혼살림을 차린 느낌이다. 취향이 뚜렷해진 지금은 물건을 들일 때마다 신혼 때보다 훨씬 더 큰 만족감을 느낀다는 점이 다르다. 이 맛에 돈을 버는 것이 아닐까, 생각도 든다.

하지만 아무리 상쾌하고 흡족해도 늘 새 물건만 사는 삶을 살 수는 없는 일이다. 말해 무엇하랴. 일단 돈이 부족하다. 벌이가 나쁘지는 않지만 벌이가 훨씬 많아도 마찬가지일 것이다. 나의 욕망은 항상 내가 지불할 수 있는 선 너머를 향한다. 자주 드나드는 인테리어 관련 온라인 카페에서 이런 글을 봤다. 집 안을 싹 수리했더니 그동안 쓰던 이불이 너무 낡고 촌스러워졌다는 내용이었다. 이미 집수리에 돈을 많이 써서 온 식구 이불을 싹 개비할 수도 없었다. 하지만 낡고 촌스러운 이불 때문에 싹 뜯어고친 집이 기대만큼 멋져 보이지 않아 속이 상하다는 푸념이었는데 그걸 읽는 내 속이 다 상했다. 하지만 이불을 싹 바꾼다고 될 일일까. 이불을 바꾸면 침대가 추레해 보이거나 입고 있는 잠옷이 후줄근해 보일 것이 분명하다. 돈은 열심히 벌면 되지만 그 속도가 열심히 쓰는 속도에 뒤쳐지지 않으려면 상당히 수고로울 것이다.

늘 새 물건을 사는 일에만 열중할 수 없는 또 다른 이유는 공간이 한정되어 있기 때문이다. 세상에는 예쁜 그릇이 많고 많다. 심지어 예쁘면서 저렴한 그릇도 어쩜 그렇게 많은지. 반찬을 만드는 데 드는 시간과 수고를 줄이려고 다양한 일품요리를 고민하면서도, 앙증맞은 종지만 아흔아홉 개째 인터넷 장바구니에 넣었다 뺐다 하는 사람이 나다. 그걸 살 금전적 여유가 있어서 다 사 버리면 부엌 장은 기울다 못해 벽에서 떨어져 나갈 것이다. 부엌 장을 지키려면 그릇장을 사야 하고 그 그릇장을 놓을 부동산을 사야 한다. 그릇은 싼데 부동산은 비싸다. 그래도 사고 싶은 그릇이 있다면, 그때가 바로 가진 그릇 중 더 이상 마음에 들지 않는 그릇을 찾아야 할 때이다.

과거의 내 취향과 지금의 내 취향은 많이 달라져 있다. 더 이상 내 마음에 들지 않아서, 새 물건에게 자리를 내주어야 하기 때문에 폐기물 신세가 되는 물건들은 부엌에서, 옷장에서, 책장에서 줄줄이 끌려 나와 나에게 욕을 퍼붓는다. (언제는 좋다고 사들이더니 몇 년 동안 처박아만 놓고 이제 와서 나가라는 것이냐, 이 헤픈 것아.) 뿐만 아니라 나는 빈 공간을 참 좋아하는 사람이다. 넓고 텅 빈 공간, 선이 곧고 밝은 공간에 있으면 짜릿한 기분이 들 정도다. 미술관이나 박물관에 가면 전시뿐 아니라 공간에서 많은 즐거움과 위로를 얻는다. 그러니 새 물건을 사는 만큼 공간을 비우는 데 집중하는 것이 내 정신 건강에 좋다.

내가 새 물건을 사는 데서 오는 쾌감을 삶의 주된 목적으로 삼지 않으려는 가장 큰 이유는 무엇보다 모든 새것은 낡기 때문이다. 세탁기는 모터가 고장이 나고 패킹은 느슨해지고 조작부가 변색된다. 냉장고에는 나도 모르는 사이 아무리 닦아도 닦이지 않는 얼룩이 생겨 있다. 울 스웨터에는 구멍이 나고, 의자의 가죽은 갈라지다 벗겨진다. 꼭 성능이 떨어지거나 닳아 없어지는 물건이 아니더라도 취향이 바뀌어서 더 이상 만족감을 주지 못하는 물건, 유행에 뒤쳐져 촌스러워 보이는 물건, 애초에 생각 없이 선택했던 물건, 너무 오래 봐서 질리는 물건, 이 모든 물건은 한때 반짝반짝하던 새것이었다.

신혼살림을 차린 지도 스무 해가 되어 가니 비로소 느끼는 것이겠지만 우리는 살면서 참 많은 시간을 오래되고 낡은 것들을 돌보며 살게 된다. 사용한 지 벌써 15년이 훌쩍 넘어가는 내 화장대는 거울이 붙은 뚜껑을 닫으면 잡동사니가 보이지 않고 의자가 밑으로 쏙 들어가서 여전히 내 마음에 꼭 든다. 그래서 이사할 때마다 다치지 않도록 미리 포장해 놓는 등 특별히 신경을 쓴다. 물건뿐일까. 집도 꾸준히 돌보아야 하고 잘 돌본다고 해도 시간이 지나면 허름해진다. 앞마당에는 설치한 지 20년이 되어 가는 방부목 덱deck이 있는데 썩거나 못이 헐거워져서 지뢰밭이 되었다. 전부 다 교체하려면 기천만 원이 든다고 해서 남편과 하나씩 수리를 하는 중인데 새 방부목을 톱질해서 직결 나사라는 것으로 고정시키면 제법 멀쩡해진다.

그뿐이랴. 나는 오래된 인연과, 오래된 몸과, 오래된 지구와 살아간다. 내가 그것들을 헐값에 사서, 험하게 써서, 소중히 다루지 않아서 이렇게 사는 것은 아니다. 단지 모든 새로운 물건은 허름해진다는 평범한 진리 때문이다. 그리고 내 삶의 그 오래되고 낡은 것들 중에는 바꿀 수 있는 것보다 바꿀 수 없는 것이 많다. 그래서 물건을 살 때 잘 사고, 낡은 물건, 혹은 여러 이유에서 더 이상 쾌감을 주지 않는 것들을 현명하게 처리하는 일은 내 삶에서 큰 비중을 차지한다. 때문에 이와 관련된 삶의 원칙을 잘 세우고 지키는 것을 중요하게 여긴다.

물건을 살 때의 원칙은 이렇다. 마음에 쏙 들지 않으면 되도록 사지 않는다. 몇 년 전만 해도 썩 마음에 들지 않아도 당장의 필요에 의해 사는 경우가 많았다. 가령 날이 추워져서 당장 입고 출근할 코트가 필요한데 정말 갖고 싶은 스타일은 아니지만 그럭저럭 기준을 충족하는 코트를 사는 것이 그런 경우다. 그런데 이렇게 되면 나중에 마음에 들고 필요도 충족하는 물건이 나타났을 때 애매한 상황에 빠진다. 기존의 물건을 버리려니 멀쩡해서 아깝다. 이런 물건이 한둘이면 모르겠지만 당장의 필요에 의해서 그럭저럭 괜찮은 물건을 사는 게 습관이 되면 그런 물건이 쌓이고 쌓여서 곤란해진다. 그래서 당장 불편을 감수할 인내가 필요하다. 어떤 불편은 의외로 이겨 내기 쉬울 수도 있다. 삶에 정말 필수적인 요소들이 어느 정도 갖추어진 환경에 사는 나 같은 사람이라면 특히 그렇다. 옷장에 옷은 많은데 입고 나갈 옷이 없어! 이런 투정은 40대가 되면 그만두어야 한다. 반면 필요한 것인데 마음에도 쏙 드는 게 있으면 좀 비싸도 산다. 물론 가용 자금이 안 되면 살 수 없지만, 되도록 다른 비용을 줄여서라도 가용 자금의 범위를 넓힌다.

둘째, 낡을수록 오래될수록 아름다운 물건을 장만한다. 모든 물건이 낡기 마련이라면 낡을수록 아름다워지는 물건을 선택한다. 가령 벽돌이 그렇다. 외벽을 벽돌로 쌓은 건물은 100년이 지나도, 아니 100년이 지나야 아름답다. 손때가 묻어 윤이 나는 목재만큼 아름다운 것도 없다.

물건을 버릴 때의 원칙도 있다. 일단 물건으로 공간이 너무 꽉 차지 않도록 자주 버린다. 다만 버릴 때 앞으로 내가 이 물건을 쓸 것인지를 묻지 않고, 그동안 내가 썼는지를 묻는다. 옷이라면 앞으로 (그러니까 살 빼고 난 다음, 아니 살이 빠진 다음에) 입을 것인지가 아니라 그동안 입었는지를 묻는다. 주방 기구나 그릇이라면 그동안 밥을 짓고 먹는 데, 차를 끓이고 마시는 데 사용했는가. 앞으로 나를 기쁘게 할 물건인가 묻기보다 그동안 나를 기쁘게 했는가 묻는 것이다.

책만은 예외인데 사 놓고 읽지 않은 책, 언젠가 읽을지 모를 책은 언젠가 우리를 구원할 수 있다. 이것은 절대로, 결코, 사 놓고 읽지 않은 책이 너무 많은 사람의 핑계가 아니다. 아무튼 책 이외의 물건을 이 원칙에 따라 버리다 보면 특별한 추억도, 그동안 사용한 적도 없는 물건이 많다는 사실을 깨닫게 된다. 그런 물건은 살 때 비싸게 샀기 때문에, 혹은 소재가 좋기 때문에, 아직 상태가 멀쩡하기 때문에 갖고 있기 쉽다. 중고로 팔거나 기부하기에 딱 어울리는 물건이다. 이 물건을 잘 쓸 수 있는 사람은 세상에 많다.

특별한 쓸모가 없어도 예뻐서, 혹은 추억을 위해 사서 버리지 않는 것들, 가령 여행지에서 사 오는 기념품 같은 것들은 되도록 크기가 작은 것으로 한다. 헬싱키 공항에서 귀국 직전 집어 든 작은 문고판 크기의 접시, '글쓰는 여자의 공간' 콘셉트의 2017년도 달력, 태국 출장 때 사 온 엄지손가락만 한 코끼리, 싱가포르 차이나타운에서 사 온 엄지손가락 손톱만 한 옥돌 거북이. 이것들은 작은 탁자 위에 주르륵 세워 놓기만 해도 나에게 이상하리만치 큰 기쁨을 준다.

마음에 꼭 들지 않으면 사지 않기, 세월이 흐를수록 아름다워지는 물건을 사기, 그동안 나를 기쁘게 했던 물건이 아니라면 미련 없이 남에게 주거나 버리기. 가만 보니 이 원칙은 새 인연을 만들 때도 쓸 수 있겠다. 특히 폐기가 쉽지 않은 인연을 맺으려는 사람들은 꼭 참고 바란다.

새 물건을 사는 데서 오는

쾌감을 삶의 주된 목적으로

삼지 않으려는 가장 큰 이유는

모든 새것은 낡기 때문이다.

택배 상자

내가 산 물건 뒤에는
노동이 있다

집에 노랗고 작은 화장실이 하나 있었다. 화장실이지만 타일 벽이 아니라 병아리색 페인트로 칠해진 것이 포인트였다. 테두리가 투박한 금속으로 된 길쭉한 거울이 가로로 걸려 있는 것도 매력이었다. 하지만 페인트 벽이라서 그랬는지 언젠가부터 자꾸 곰팡이가 끼고 설상가상으로 온수 배관도 얼어 터졌다. 그 밖의 여러 가지 이유로 올여름, 이 아담한 화장실을 샤워가 가능한 욕실로 만들어야 했다. 더 미룰 수 없는 상황이었다. 전체 수리를 결정했다. 기존의 타일 위에 새 타일을 바르는, 비교적 저렴하고 손쉬운 이른바

'덧방' 시공을 할 수도 있었다. 하지만 몇 년 뒤 후회할 것 같았다. 두 배는 더 비쌌지만 화장실을 전체적으로 철거한 뒤 시공하는 방향을 택했다.

결정은 간단했다. 예산은 어느 정도 준비되어 있었다. 과정은 간단하지 않았다. 타일을 일일이 드릴로 깨야 하고 페인트는 그라인더로 벗겨 내야 한다. 이 모든 것을 사람의 손이 한다. 전문가의 손이 한다. 타일 밑에는 난방을 위한 온수 배관이 있지만 전문가의 손길과 전문가의 장비는 온수 배관을 건드리지 않고 타일만 철거한다. 그리고 급수관과 배수관을 찾아 교체한다.

설비 전문가가 각종 배관을 정리하면 페인트를 벗겨 내는 작업이 시작된다. 타일을 철거할 때보다 서너 배의 먼지가 발생한다. 전문가는 마스크를 쓰고 있지만 과연 숨을 쉴 수 있을까 싶고 온몸은 하얗게 페인트 가루로 뒤덮인다. 작업을 끝내고 시원하게 샤워를 하고 가시라고 욕실을 내드리고 싶지만 그럴 수가 없다. 욕실 공사를 하러 오신 것 아닌가. 전문가는 정원 수돗가에서 소리 없이 먼지를 털고 간단히 손과 얼굴만 씻는다.

시멘트 미장과 방수 작업이 끝난 뒤 방문한 두 젊은 타일 전문가는 정확한 각도로 타일을 재단해서 타일과 타일이 90도로 맞물리는 지점을 세련되게 노출시켰다. 모서리를 가리기 위한 마감재를 붙일 필요가 없었다. 또 한 변이 600밀리미터인 정사각형 도기질 타일을 벽과 바닥 모두에 붙였는데, 바닥에서 시작된 타일이 정확히 줄을 맞추어 벽으로 올라간다. 또 네 개의 타일이 만나는 모든 지점은 기가 막히게 평면을 이룬다. 서투른 타일공의 작업은 바라만 보고 있어도 열불이 날 수 있지만 능숙한 작업자의 결과물은 바라만 보고 있어도 평화가 찾아온다.

물론 모든 것이 마음에 드는 것은 아니다. 나도 작업자도 미처 생각하지 못해서 생긴 미진한 점들도 있다. 하지만 나의 예산을 살짝 넘어선 비용이 전혀 아깝지 않을 뿐더러 전문가들의 기술과 경험에서 오는 노하우, 그리고 손을 쓰고 다리를 쓰고 온몸의 근육을 쓰는 노동, 노동, 그리고 노동이 그처럼 깨끗하고 평온한 공간을 새로이 탄생시켰다는 점이 매일 경이롭다.

내가 아무리 돈이 많더라도, 누군가가 타일을 깨고 자르고 붙이고 먼지를 마시지 않으면, 또 철거한 도기와 타일을 집 밖으로 나르고 새로 설치할 도기와 타일을 집 안으로 날라 오지 않으면 그런 공간은 존재할 수 없다. 나는 돈으로 욕실을 얻었지만 욕실을 만든 것은 내 돈이 아니라 작업자들의 수작업이다. 공간은 완전히 탈바꿈했다.

변기와 세면대 등을 새로 설치할 때도 쓰레기가 많이 나온다. 위생도기, 수전, 심지어 수건걸이와 휴지걸이 등을 일일이 포장한 종이 상자들이다. 설치가 끝나던 날 작업자는 이 상자를 두고 갈 테니 다른 재활용 쓰레기와 함께 버려 달라고 했다. 그리고 상자를 일일이 펼쳐 잘 쌓아 두었다. 문제는 쌓아 둔 위치가 재활용 쓰레기 배출 장소가 아닌 욕실 앞이었다는 점이다. 나는 집 안에서 재활용 쓰레기를 모았다가 배출할 때 일부러 큰 박스는 펼치지 않고 이 안에 작은 박스를 펼쳐 모은다. 귀찮을 때는 작은 박스도 펼치지 않고 그냥 큰 박스 안에 포개어 둔다. 이렇게 해야 집에서 쓰레기 배출 장소로 쓰레기를 옮길 때 편하다. 욕실 작업자가 펼쳐 둔, 크기도 제각각인 상자들을 대문 밖으로 가지고 나가는 일은 상당히 번거로웠다.

원칙은 어떨까? 원칙은 일일이 펼치는 것이다. 시에서 주는 안내문에도 펼쳐서 배출해야 한다고 나와 있다. 집 앞에 배출한 종이 박스는 흔히 지정 쓰레기 수거 업체가 아니라 폐지만 수거해 가는 분들이 가져가는데 그럴 때 보면 집 앞에 트럭을 세워 두고 펼쳐지지 않은 박스를 일일이 펼친다. 그래야 트럭에 더 많이 실을 수 있기도 하고 폐지를 팔 때도 편리할 것이다. 내가 일일이 상자를 펼쳐 두지 않아도 그분들이 알아서 가져갔기 때문에 나는 그동안 굳이 펼쳐 놓지 않았고 상자를 일일이 펼쳐 둔 욕실 작업자를 속으로 원망하는 데까지 온 것이다. 하지만 작업자는 원칙대로 했을 뿐 아니라 집주인인 내가 아닌, 상자를 수거할 또 다른 작업자를 배려한 것이다.

나는 가끔 모바일 장보기 서비스를 이용한다. 전날 밤 11시까지 주문을 마치면 아침에 눈을 뜨기 전에 문 앞에 물건을 가져다 놓는다. 이 서비스는 처음 시작될 때부터 고객의 의견을 적극 수용했다. 고객들은 비닐과 스티로폼을 특히 싫어했다. 포장을 과하게 하지 말고 비닐과 스티로폼 등의 사용을 줄여 달라고 요구했다. 업체에서는 고객의 요구에 발 빠르게 움직였다. 비닐은 줄었고 상자를 봉하는 테이프까지 종이테이프로 교체됐다. 나는 쓰레기를 줄이려고 노력하는 다른 사용자들도, 거기에 빠르게 대응하는 업체도 참 대단하고 본받을 만하다고 생각했다. 그런데 배달 온 상자를 가지러 집 앞으로 나가면 어김없이 상자끼리 비닐 테이프로 연결되어 있다. 쓰레기는 더 나올지 몰라도 손잡이 같은 역할을 하는 비닐 테이프 덕에 집 안까지 들고 올라가기는 좋다. 아마도 배달 노동자가 붙였을 것이다. 손잡이도 없는 데다가 상온, 냉장, 냉동 상품을 구분해서 각각 다른 상자에 담는 업체 정책 때문에 배달 노동자는 상차를 할 때도 하차를 할 때도 아주 불편했을 것이다. 그래서 아마도 자비로 마련한 비닐 테이프로 같은 배송지로 가는 상자 여러 개를 서로 묶었을 것이다.

우리의 풍요로운 물질적 생활을 가능하게 하는 것 뒤에는 노동이 있다. 노동 없이, 특히 육체노동 없이 이루어지는 일은 세상에 극히 드물다. 내가 비록 육체노동을 요구하지 않는 직종에 있다고 해도 그런 노동을 하는 사람 없이 나의 삶을 유지하는 것은 현재 지구상에서는 불가능하다. 그래서 상자를 모두 펼쳐 두었던 작업자처럼 노동자를 배려하는 일은 우리 모두에 대한 배려다.

그런데 하청 노동자가 자비를 들여 비닐 테이프로 상자를 묶게끔 내버려 둔 업체는 노동자가 아닌 소비자만 편리한 정책을 세우고 실행하는 것 같다. 소비자만 편리한 정책을 세운다는 것은 노동자를 소비자로 생각하지 않는다는 것이다. 새벽에 고객이 먹을 빵을 배송해 주는 배송 노동자 또한 고객으로서 그 빵을 소비할 수 있다는 상상을 하지 못하는 업체들의 서비스를 언제까지 이용해야 할까. 이미 소비자층의 계급화가 상당히 이루어졌다는 방증이기도 할 것이다.

기업의 노동자 착취가 당연시되는 사회적 분위기를 바꾸고 법을 비롯한 큰 틀을 바꾸어 나가야 한다는 사실은 말할 것도 없다. 하지만 기업이 노동자를 소비자로 생각하지 않는 당장은, 기업이 노동자의 목소리에는 귀를 닫고 소비자의 목소리에만 귀를 열고 있는 당장은, 소비자가 노동자를 배려해 주지 않으면 안 된다. 나는 소비자로서 내 집 앞에 내가 먹을 빵을 갖다주는 사람의 불리한 처우를 개선할 생각이 없는 업체는 사용하지 않고, 배송이 늦더라도 생산자와 소비자, 배달 노동자가 결국 다 이어져 있음을 아는 업체를 사용하려고 한다.

집 안 깊숙이 들어오는 햇살이 반가워지기 시작하는 초가을 아침, 말끔한 욕실에서 씻고 나온 후 집 앞으로 배송된 빵에 커피를 곁들여 식사를 하는 내 생활은 단지 내가 번 돈으로 내가 마련한 것이 아니라 그것을 위해 몸을 쓰며 노동한 사람들 덕분이라는 것을 잊지 않으려고 한다. 내가 기대어 살고 있는 사람들에 대해 잊지 않으려고 한다.

책 1

"왜"라고 묻는 순간
삶은 경로를 이탈한다

무엇이 됐든 사들이기보다는 처분하는 쪽을 택하고 있는 요즘이다. 물건을 줄이는 만큼 공간이, 여백이 늘어난다. 책도 많이 버렸다. 국내에서 출판된 모든 도서는 국립중앙 도서관에서 찾을 수 있다. 오직 안에 들어 있는 정보 값을 이유로 국내 도서를 내가 소장할 필요는 없다는 뜻이다. 그래서 책장에 남은 도서는 읽으려고 사 둔 책이나 표지, 책등이 예뻐서 바라만 봐도 좋은 책, 특별한 기억이 담긴 책, 그리고 외국 서적뿐이다. 책 살 때 쓰는 돈은 돈이 아닌 줄 알았던 20대에 구입한 옥스퍼드 라틴어 사전, 리델앤스콧

Liddell & Scott 희랍어 대사전 등도 남아 있다. 서양 고전 문학 대역본인 로엡 시리즈도 있다. 왼쪽에는 원어가, 오른쪽에는 영어 번역이 들어 있다. 녹색 표지는 고대 희랍어가 원어인 작품, 빨강색 표지는 고전 라틴어가 원어인 작품이다. 《일리아드》와 《오디세이아》는 여러 판본과 번역으로 갖고 있고 고전어 문법책도 모아 놓으니 한두 가지가 아니다.

서양 고전 문학은 대체로 인터넷에서 찾아볼 수 있다. 사전은 특히 그렇다. 서양에서는 이런 고전 문학을 디지털화하는 작업이 이미 오래전부터 이루어졌다. 《조선왕조실록》을 인터넷에서 열람할 수 있는 것과 같은 이유다. 대사전은 언제 펴 보았는지 정말 기억도 나지 않는다. 희랍어 알파벳 순서가 어떻게 되는지도 까먹은 마당에 찾고 싶은 낱말이 있으면 인터넷에서 찾는 게 훨씬 빠르고 편하다. 하지만 점잖은 감색 바탕에 금박으로 제목이 찍힌 책등, 이 높이, 이 두께에서 뿜어져 나오는 품격 같은 것을 포기할 수 없다. 아이패드를 가지고 침대 속으로 들어가 오비디우스의 《변신 이야기》를 웹에서 찾아 읽을 수도 있지만 손안에 꼭 들어오는 로엡판을 들고 라틴어와 영어를 대조해 가며 프로크네와 필로멜라의 살 떨리는 복수극을 읽는 재미만 못하다. 뿐만 아니라 이 책들이 내 서재의 일부가 된 짧지 않은 역사, 그것이 온통 성공으로 점철되거나 죄다 유쾌한 기억은 아니지만 그 역사를 버릴 수는 없다.

내가 이화여자대학교 학부생일 때 필수적으로 제2외국어를 이수해야 했다. 중고등학교 때는 불어를 배웠지만 나는 새로운 언어를 배워 보고 싶어 라틴어를 선택했다. 라틴어가 뭔지 잘 몰랐지만 아버지가 그리스 로마 신화에 관심이 많으셨으니까, 한 번도 내게 공부해 보라고 한 적은 없었지만 왠지 재미있을 것 같아서, 그러니까 어디서 주워들은 것은 있어서 선뜻 라틴어를 고른 것이다. 고전 라틴어는 로마 시대의 언어다. 줄리어스 시저, 그러니까 카이사르가 썼던 말이라고 생각하면 쉽다. 고전 프랑스어를 전공한 교수님이 가르치셨는데 교수님은 그 낯설고 오래된 언어를 공부하는 우리들을 굉장히 예뻐해 주셨다. 그런데 아마 첫 시간이었을 것이다. 이 라틴어 입문 수업이 제2외국어 교양으로 인정되지 않는다는 사실을 알았다. 사어(死語)인 라틴어 수업에 회화 과정이 없기 때문이라고 했다. 그래도 수강을 취소한 학생은 많지 않았다. 교수님은 굉장히 미안해하면서 무수한 어미변화로 끙끙대는 우리들을 꼭 붙잡고 종강까지 데리고 갔다.

그 교수님에 대한 좋았던 기억 덕분에, 편입해 들어간 미국 대학교에서도 라틴어 수업을 몇 번 수강했다. 학부를 졸업하고 미국에서 대학원에 가려고 했는데 지원했던 대학원들에서 리젝션 레터, 즉 불합격 통보가 줄줄이 날아왔다. 그래도 합격 소식이 없었던 것은 아니어서 시카고대학교의 1년짜리 석사 과정에 합격했고, 1박 2일간 이루어지는 오리엔테이션까지 참석했는데 거기서 확신을 갖게 됐다. 내게는 무엇을 공부해야겠다, 공부를 해서 무엇이 되어야겠다는 미래에 대한 뚜렷한 목표가 없었다. 뚜렷한 목표도 없으면서 부모님께, 당시 수도권 소형 아파트의 전세금쯤 됐던 미국 사립 대학교의 어마어마한 학비를 내 달라고 할 수가 없었다. 결혼을 약속한 사람은 한국에서 날 기다리고 있었다. 게다가 미시간호에서 불어오는 얼음장 같은 바람은 초봄이었는데도 뼛속까지 시리게 했다. 그래, 나로 하여금 대학원을 포기하게 만든 건 그 바람, 그 축축한 바람이었다고 치자.

결국 귀국했다. 아버지를 도와 번역을 하면서, 영어 강사 아르바이트를 하면서 시간을 보내던 와중에 제도권 밖에서도 다양한 수업을 들을 수 있고 그중에는 희랍어 수업도 있다는 것을 알게 되었다. 희랍어는 라틴어보다 훨씬 더 어려웠다. 일단 라틴어는 현대 영어에서 쓰는 알파벳을 쓰는데, 희랍어 문자는 수학에서나 보던 기호들, 알파, 베타, 감마, 세타, 시그마 등으로 이루어져 있어서 글자부터 새로 배워야 한다. 악센트도 다양하고 어미변화와 시제도 훨씬 더 복잡하다. 그래서 더 매력적이었다. 고전 라틴어가 카이사르의 언어라면 고대 희랍어는 소크라테스의 언어다. 고대 희랍어를 공부하면 플라톤이 소크라테스의 말을 적은 대화록을 읽을 수 있다. 희랍어 강좌를 들으면서 서울대학교 서양 고전학 협동 과정이 있다는 사실도 알았다. 먼저 서울대학교에서 일반인을 대상으로 하는 강좌를 들었고 그 직후 대학원 시험을 봤는데 덜컥 붙었다. 내가 서울대학교에 가다니. 고등학교 때 열심히 공부하지도 않으면서 무턱대고 가고 싶어 했던 곳이다. 여전히 별 대책은 없었지만 붙었으니까 무턱대고 대학원에 갔다.

그리고 여기서 공부를 하면서 이제는 대학원 학생이니까 비싼 책을 거리낌 없이 사도 된다는 생각이 들었다. 국립 대학교라 학비도 쌌고 생활비는 남편이 해결해 주고 있었으니 나는 번역과 아르바이트를 해서 번 돈으로 아마존을 통해 온갖 좋은 원서들을 사들일 수 있었던 것 같다. 연구실에는 이미 다양한 사전이 있었다. 그걸 보면 되는데 굳이 샀다. 미국 대학교에서 공부한 영향도 있었다. 미국은 대학 교과서 값이 굉장히 비싸다. 그래도 다 사거나 도서관에서 빌려서 읽어야 한다. 그래서 중고 도서 시장이 활성화되어 있다. 당시 우리나라 대학원에서는 불법 복제가 판치고 있었다. 외서를 사는 사람이 없었고 거의 무조건 복사실에서 제본해 봤다. 나는 그 복사본이, 매끈한 파스텔톤 표지들이 싫었다.

무턱대고 들어간 대학원은 두 해가 지나 마찬가지로 무턱대고 그만두었다. 대책 없이 들어갔으니 대책 없이 나온 것은 당연하다. 굳이 그 이유를 설명하자면 나는 학계의 일원이 아니라 그저 계속 학생이고 싶었던 것 같다. 내가 어떤 연구를 해서 학문에 기여하기보다 그저 고전 문학을 향유하고 싶었던 것 같다. 평생 학생일 수 없다면 하루빨리 돈이라도 벌고 싶었다. 그래서 학적이 수료 상태로 바뀌자마자 취직을 했다.

이런 이유에서 대학원 시절에 사 모았던 책들은 젊은 날의 무분별했던 결정들, 그러나 그런 결정 없이는 찾지 못했을, 지금 내가 걷고 있는 길을 상기시킨다. 달콤하지만은 않지만 지금의 나를 만들어 준 내 방황의 한 귀퉁이를 보여 준다.

오비디우스의 《변신 이야기》, 플루타르코스의 《영웅전》, 플라톤의 《대화록》 등 이런 책들의 즉각적 유용성, 서양 고전 문학을 연구하는 학문의 직접적인 쓸모를 따지기는 힘들다. 단, 출판사에서 아버지의 신화 관련 책이나 번역에서 일부 표기 수정을 해 달라는 요청이 오면 꽤나 유용하다. 타계한 저자의 책을 제 마음대로 고칠 수 있는 사람은 딸밖에 없을 텐데 다행히 그 딸이 표기를 수정하려면 어디서 뭘 찾아봐야 하는지 정도는 아는 수준이니 유용하다. 그래 봐야 대학원 학비, 사 모은 책값이 조금 덜 아까워지는 정도다.

그럼에도 이 책들은 나의 과거를 상기시켜 줌으로써 여전히 나를 지탱해 주고 있다. 그리고 그 과거는 내가 지금을 살고 현재의 질문에 답을 하는 데 아주 유용한 단서를 제공한다. 내가 대체 무슨 부귀영화를 누리자고 은퇴할 시기가 지나도 한참 지난 저 백인 남성 클라이언트의 횡설수설에 맞장구를 치며 이 용역 계약을 사수해야 하는 걸까?

(사수해야 한다.) 사람 일은 한 치 앞을 모르고 어차피 사람은 모두 죽는데 그럼에도 왜 살아야 하는 걸까? 나는 어떤 사람인가? 어디서 왔고 어디로 가고 있는 거지? 나도 남들처럼 주식을 해야 할까? 오피스텔을 사야 할까? 그래서 만약 떼부자가 되면 어떻게 할 것인가? 마침내 물질적인 풍요와 넉넉한 시간을 얻는다면 무엇을 하면서 그 여유를 즐길 것인가?

이것은 마치 인문학이 인류의 문명 속에서 수행하는 역할과도 같다. 인문학은 밥을 벌어먹는 데 하등 쓸데없는 것처럼 느껴지고 오직 책을 팔기 위한 키워드처럼 사용되는가 하면 문과를 나왔다고 스스로를 죄인 취급하는 사람들도 있지만 인문학이라는 분야에서 벌어지는 지적, 예술적 활동은 굉장히 큰 의미를 가지며, 가져야 마땅하다. 인문학은 인류가 풍요를 누리려면 '무엇을' '어떻게' 해야 하느냐 하는 질문에 답하지 않는다. 인문학은 '왜'라는 질문에 답하는 분야다. 어떻게 선진국이 되느냐 묻지 않고 왜 선진국이 되어야 하는가 묻는다. 왜 환경 문제에 인류가 깨어 있어야 하고, 인류가 공룡처럼 멸종하게 내버려 두면 안 되는가? 왜 약자를 돌보아야 하고 왜 여성의 삶은 변화해야 하는가? '왜'라는 질문에 답하기 위해 우리는 어디서 왔고 어디로 가고 있는지 살펴보아야 한다. 인문학은 그걸 하는 활동이다.

'왜'라고 묻는 일은 어렵다. 무턱대고 살면 편한데 '왜'라고 묻는 순간 우리 삶이 경로를 이탈하는 경우도 있다. 하지만 질문하는 일, 그것도 어려운 질문을 골라 묻는 일은 내가 하고 싶고 할 수 있는 일이다. 이것이 버릴 수 없는 나의 책들을 볼 때마다 내가 새겨보는 다짐이다.

책 2

시련을 극복한 영웅만이
전리품을 얻는다

여러 해 전 어느 가을, 나는 아드리아해를 건너고 있었다.
이탈리아반도에서 그리스로 향하는 대형 여객선을 타고.
아드리아해는 수많은 로마의 정복자들, 카이사르가, 안토
니우스가, 폼페이우스가 건넌 바다이다. 로마의 유배자들
도 툭하면 브룬디시움에서 허둥지둥 배를 띄웠다. 나는 이
브룬디시움, 지금의 브린디시에서 북쪽으로 한 시간쯤 떨
어진 바리에서 페리를 탔지만 그리스에 들어갈 때는 고대
인들과 동일한 파트라이, 지금의 파트라스로 들어갔다. 나
폴리에서 바리, 바리에서 파트라스, 파트라스에서 아테네

로 이동하는 데 거의 24시간이 꼬박 걸렸다. 비행기로 갔다면 네댓 시간이면 충분했겠지만 나는 그리스와 로마의 신화와 역사에 무수히 등장하는 이 바닷길을 직접 경험해 보고 싶었다.

바리를 출발한 대형 페리가 깊은 바다로 나서자 물결은 말로만 듣던 아주르 빛깔, 마치 파랑의 이데아 같은 색깔로 변했다. 오후 늦게 배를 탔기 때문에 금방 해가 졌지만 좁고 창문도 없는 선실로 선뜻 들어가게 되지는 않았다.

이 여행을 떠난 것은 6년 만에 《플루타르코스 영웅전》 번역을 모두 마친 뒤였다. 번역하는 중에 갔다면 영감도 얻고 여러모로 좋았을 테지만 그럴 시간이 없었다. 총 열 권으로 출간된 이 시리즈의 번역 작업을 끝내고 난 뒤에 비로소 시간과 마음의 여유가 생긴 것이다. 플루타르코스는 1세기 로마에 살았던 작가로 그리스와 로마의 유명인들에 대해 썼는데, 그 유명인들 중에는 영웅만 있었던 것이 아니고 폭군도 있었고 악인도 있었다. 그리고 그리스 사람 한 명과 로마 사람 한 명의 생애를 서로 비교하는 방식으로 썼다. 이런 《플루타르코스 영웅전》 번역 프로젝트에 나를 초대한 것은 아버지였다. 아버지는 이미 여러 번역이 나와 있는 이 시리즈를 좀 더 현대적인 언어로 옮기고 이미지까지 곁들여 보다 접근이 용이한 버전으로 만들 필요성을 느꼈다. 나는 대학원에서 서양 고전학도 공부했고 번역 경험도 없지 않았으며 말도 잘 듣는 딸이었다. 이런 딸에게 아버지가 협업을 제안한 것은 당연한 수순이었다. 그럼에도 나의 마음은 거절하는 쪽으로 움직였다. 당시 학계에서는 플루타르코스의 원전 번역이 이루어지고 있었다. 나는 원전 번역을 할 능력은 안됐고 중역을 하고 싶지는 않았다. 나도 어느덧 서른이 되어 가는 나이였기 때문에 아버지의 부탁이라고 다 들어주어야 하는 것은 아니라고 생각했다. 거절한다고 해서 아버지가 곤란해지거나 크게 실망하리라 생각지 않았다. 아버지는 어른이니까.

아버지에게 거절의 뜻을 담은 이메일을 보냈다. 그때 아버지가 보낸 답장을 지금 군이 찾아보지 않아도 거기 정확히 어떤 말이 담겼는지 기억할 수 있다. 아버지는 알았다고 했다. 그런데 간밤에 잠을 한숨도 이루지 못했다고 했다. 어쨌든 알았다고 했다. 이 답장을 받은 나는 결국 아버지가 기획한 《플루타르코스 영웅전》에 번역자로 참여하게 된다. 아버지 승.

이듬해 내가 번역한 첫 권에 대해서 아버지는 감수 및 이미지 작업을 했고 그동안 나는 그다음 두 권을 번역했다. 두 권의 원고를 아버지와 출판사 측에 동시에 보내고 며칠 후 친정집을 찾았다. 아버지 몸이 안 좋아 보였다. 아버지는 서재에 누운 채로 내 인사를 받으며 원고를 넘기느라 수고했다고 짤막하게 말했다. 몇 시간 뒤 나는 집 앞 길가에서 구급차를 기다리고 있었다. 아버지와 더 이상의 대화는 나누지 못했다.

남은 영웅전의 번역은 나 홀로 해야 했다. 번역이 계속되는 동안에도 나는 직장을 다니고 있었고, 직장을 나와서도 한영 번역을 하거나, 영어 말하기 대회를 심사하는 등 생계를 위한 일들을 병행하고 있었다. 돈을 벌기 위해서만은 아니었다. 내가 가진 다양한 능력을 시험하고 또 활용하고 싶었다. 직장을 다녀 보니 나는 직장에 곧잘 적응하고 다양한 분야에서 실력을 발휘할 줄 아는 사람이었다. 아버지가 세상을 떠난 뒤에는 어쩌면 어머니를 경제적으로 부양해야 할지도 모른다는 생각에 영어 독서 학원을 운영하는 회사에 취직하기도 했다. 아이들도 재미있고 동료들과 일하는 것도 재미있고 회식도 재미있었다. 다달이 꼬박꼬

박 들어오는 월급도 재미있었다. 나는 어쩌면 직장인 체질인지도 모른다고 생각했다.

플루타르코스 번역만 끝나면 다시는 번역을 하지 않고 직장인으로 살아도 괜찮을 것 같았다. 이제 내가 번역을 하지 않는다고 잠 못 이룰 사람도 없었다. 그런 생각이 들 무렵 주한미국대사관에서 사람을 뽑는다는 소식을 접했다. 대사관 공보부에서 운영하는 SNS 계정을 통해서였으니 그야말로 우연한 계기였다. 그러자 내가 정말 직장인 체질이라면 좀 더 본격적이고 안정적인 직장에 다녀 보는 것도 좋을 것 같다는 생각이 들었다. 하지만 주한미국대사관에 입사하기 위한 절차는 아주 복잡하다. 아마도 보안상의 이유 때문에 더욱 그럴 것인데, 나는 대사관에 지원하면서 가능성이 어느 정도인지 도통 감을 잡을 수가 없었고 준비해야 하는 서류도 복잡했기 때문에 엄마 앞에서 대사관이고 뭐고 그냥 하던 번역이나 할까, 푸념을 늘어놓아 보았다. 이때 돌아온 대답도 똑똑히 기억하고 있다. 나도 어디 가서, 미국 대사관에 다니는 딸이 있다고 말 좀 해 보자. 엄마 승.

설령 엄마가 이런 말을 한 적 없다고 발뺌한다 해도, 설령 아빠의 답장에 담긴 말을 내가 잘못 기억하고 있다고 해도 소용없다. 먼저 책을 내는 사람이 승.

두 번의 필기시험과 두 번의 면접을 포함한 긴 채용 절차 끝에 주한미국대사관에 합격했다. 이 모든 와중에 플루타르코스 프로젝트는 계속되고 있었다. 적어도 6년간 쫓은 두 마리의 토끼. 이것은 내가 아버지를, 어머니를 배신하지 못했기 때문일까?

우리를 키워 준 사람에 대한 배신은 어쩌면 숙명적이다. 우리를 키워 준 사람이 우리에게 거는 기대가, 우리가 자신에게 가진 기대나 포부와 동일할 가능성은 거의 없기 때문일 것이다. 사람은 자신의 꿈을 좇을 때 비로소 진정한 한 개인으로 설 수 있다. 하지만 우리를 낳아 주고 키워 준 사람으로부터, 우리의 고향으로부터, 우리의 바탕으로부터 완전히 벗어나 개인으로 오롯이 다시 태어나는 일은 실로 영웅적인 위업이다. 개인으로 우뚝 서는, 아늑한 품을 벗어나 벌판에서 시련과 난관을 극복하는 영웅은 그 과정에서 전리품과 깨달음을 얻는다. 그리고 이것들은 결국 영웅이 속한 공동체에게 선물로 되돌아온다(이것은 조지프 캠벨이 말한 영웅의 여정을 대강 뭉뚱그려 놓은 설명이기도 하다).

나는 영웅의 그릇은 아니라서 부모의 기대를 아주 저버

리지 못했지만 그렇다고 해서 내가 아직까지 두 마리 토끼를 좇는 이유가 좋은 딸이 되기 위해서만은 아니다. 도서 번역은 생계를 유지하는 데 다소 불리하지만 이를 포기하지 않고 이어 나가는 방법을 나는 아직도 고민하고 있다. 내가 새 책을 계약했다는 소식을 들은 어떤 사람들은 '근데 지난번에 번역 그만둔다고 하지 않았니' 농담 반 진담 반으로 말을 건넨다. 나는 정말 입으로는 수백 번 번역을 때려치웠다. 장기 프로젝트가 주는 압박감은 여전히 나를 짓누른다. 당장은 뒤처지지 않았지만 언제 뒤처질지 모른다는 데서 오는 두려움. 한번 뒤처지고 나면 모든 휴식과 여가 시간에 '내가 이러고 있을 때가 아닌데…'라는 생각이 든다.

하지만 끝내고 난 뒤의 성취감 때문에라도 포기할 수 없을 것 같다. 번역에는 정답이 없다. 모든 번역은 출발 텍스트가 동일하더라도 그 텍스트의 해석의 여지를 확장해 주는 일이다. 텍스트를 새로운 눈으로 바라볼 수 있게 해 주고 사고의 영역을 넓혀 주는, 그러니까 사고의 틀을 더 많이 만들어 주는 작업이다. 나의 성취감은 정답이 없는 텍스트의 해석에 나의 노력을 더하고 그로써 인식의 지평을 확장하는, 바다에 땀 한 방울이나마 더한 것에서 오는 보람이다. 플루타르코스 프로젝트를 마치고 건넜던 아드리아해의 아주르 바다는 그래서 더욱 푸르렀을 것이다.

이런 나의 성취와 기여, 그 보람과 역사를 담은 번역서들을 나는 잘 보이는 곳에 한데 꽂아 두었다. 책을 팔고 기부하고 버려 가면서 책장을 비우고 또 비우는 것은 결코 버릴 수 없는 이 책들을 꽂아야 하기 때문이다. 나는 과연 번역을 계속하게 될까? 할 수 있을까? 글쎄, 모르기는 해도 내 서가에는 아직 빈 공간이 많다.

맥

돈 버는 기계가 아니라
인간입니다

나는 맥 유저다. 전산실 직원들은 우릴 혐오한다. 우리 같은 작자들 때문에 저들의 퇴근이 늦어진다고 믿으며 꾸준히 기술 지원을 거부하면 언젠가 우리가 맥 운영 체제를 포기할지도 모른다고 생각한다. 그러나 그런 일은 절대 일어나지 않는다. 그들의 혐오와 근거 없는 기대도 무한히 이어진다. 윈도우 사용자들도 우릴 혐오한다. 우리를 두고 콧대가 높고 성미가 까다로우며 자기애로 가득한 힙스터라고 생각한다. 정확하다.

나는 아이폰이 나오기 전부터 맥 운영 체제가 설치된 랩톱 컴퓨터인 맥북을 썼고 현재 다섯 번째 맥북을 사용 중이며 데스크톱 컴퓨터인 아이맥도 함께 쓰고 있다. 그런 나도 처음부터 맥 사용자였던 것은 아니다. 대학생 시절에는 윈도우 운영 체제를 사용하는 소니의 바이오 시리즈, 델의 인스피론 미니 시리즈를 아주 애지중지하며 썼다. 두 노트북 컴퓨터의 공통점은 작고 예쁘장하다는 것이다. 그리고 나는 동일한 이유로 맥으로 옮겨 갔다.

나의 첫 맥북은 흰색 폴리카보네이트 모델이었는데 안과 밖, 키보드까지 죄다 눈처럼 새하얀 자태가 정말 아름다웠다. 단순히 그 겉모습에 반해 맥 사용자가 되었기 때문에 나는 맥 유저들이 죄악시하는 잘못을 범하게 된다(게다가 유저가 나 같은 여성이라면 가중 처벌되는 경향이 있다). 바로 부트 캠프라는 소프트웨어를 이용해서 맥 기기에 윈도우 운영 체제를 설치하는 범죄를 저지른 것이다. 몸은 맥인데 영혼은 윈도우인 이 괴물은 잘만 돌아갔다. 나도 어쩔 수 없었다. 인터넷 뱅킹을 위한 공인 인증서라든가 한글과 컴퓨터의 소프트웨어인 '한글'을 사용하려면 윈도우 운영 체제가 꼭 필요했다. 당시 출판사들은 언제나 한컴 한글에서 작성된 'hwp' 형식의 파일을 보내 주었다. 게다가 당시 맥 운영 체제는 한글 서체가 정말 이상했고 선명하게 보이지 않았다. 나도 다 그럴 만한 사정이 있었다.

그런데 한국 시장에 아이폰이 출시되고 국내에도 맥 사용자가 많아지면서 맥 운영 체제를 사용하는 일이 점점 더 편해졌다. 나도 여러 해 전부터 윈도우를 전혀 사용하지 않는다. 인터넷 뱅킹에서 폰뱅킹으로 옮겨 간 지 오래였고, 맥 운영 체제에서 종합소득세 신고도 할 수 있다. 한글과컴퓨터의 맥용 한글도 나쁘지 않지만 요즘 문서 작성은 그냥 웹상의 문서 작성기에서 하기 때문에 별도의 소프트웨어가 필요하지 않다. 아이폰과 아이패드도 사용하고 있는데 동일한 운영 체제를 가진 맥북, 아이맥과의 호환성도 높다. 손가락으로 쓱쓱 밀어 쓰는 트랙패드를 사용하면서 마우스를 안 쓰게 된 지도 수년째다.

하지만 우리 운영 체제와 기기가 저쪽 운영 체제에 비해 우월하다고 으스댈 생각은 없다. 우리 맥 사용자들과 윈도우 사용자들은 이런 점에서 다르다. 나는 다만 내가 언제나 내 생산 수단인 랩톱과 데스크톱 컴퓨터를 구매할 때 무엇보다 나만의 취향을 고려하며, 일하는 내내 나의 선택에 만족을 느낀다는 점을 얘기하고자 할 뿐이다. 그리고 그것은 상당 부분 이 계열 제품과 소프트웨어의 디자인 때문이다.

프리랜서의 장점은 근무할 때 사용하는 도구들에 대해 선택권이 주어진다는 점일 것이다. 누구에게나 그렇지는 않겠지만 내게는 이 점이 굉장한 매력이다. 2013년, 주한미국대사관에 입사했을 때 컴퓨터에는 (아마도 보안상의 이유로) 윈도우 XP가 설치되어 있었다. 입이 떡 벌어졌다. XP는 내가 대학생 시절, 무려 2001년에 출시된 윈도우 버전이다. 수년 만에 보는 고전적인 인터페이스가 향수를 불러일으킬 정도였다. 게다가 내 책상에는 보안 점검이 완료된 시커먼 모니터와 시커먼 키보드, 시커먼 마우스가 있었다. 전기 포트로 물을 끓일 수 있는데 장작을 때는 느낌이었다. 아니, 이건 과장이 너무 심하다. 휴대용 가스레인지에 부탄가스를 장착하고 냄비에 물을 부어 올리는 느낌이었다. 아무튼 출근하는 재미가 뚝뚝 떨어졌다. 하지만 누가 재미로 출근을 하는가. 꾹 참고 3년을 버텼다.

내가 이렇게 장비를 따지게 된 데에는 아버지의 영향도 없지 않을 것이다. 내가 어렸을 때 아버지는 원고지에 잉크 펜으로 글을 썼는데, 손이 아파 작업량을 줄여야 하는 상황에 이르자 아마도 거의 한국 문인 최초로 워드 프로세서를 구입했다. 기억을 더듬어 보면 삼보컴퓨터라는 회사의 문서 작성기 '트라이젬'이었는데 모니터와 키보드가 일체형이었다. 접혀 있는 키보드를 펼치면 작은 모니터와 디스크 드라이브, 디스크를 수납할 수 있는 공간이 나왔다. 3.5인치 플로피 디스크 두 개가 수납되어 있었는데 하나는 시스템 디스크, 즉 운영 체제가 들어 있는 디스크이고 하나는 문서 디스크, 즉 저장 공간이었다. 그러니까 하드 드라이브가 없는 컴퓨터였던 것이다! 시스템 디스크를 넣어야 워드 프로세서를 부팅할 수 있었고 문서를 저장할 때는 그 디스크를 문서 디스크와 교체해야 했다. 지금 생각하면 너무도 불편했을 이 장비가 당시에는 아버지의 작업 속도를 엄청나게 향상시켰을 것이다.

아버지의 장비가 이처럼 뚜렷하게 생산성을 늘려 준 반면 장비를 고를 때 디자인을 우선하는 나의 행태는 사실 능률과 큰 상관이 없다. 내 눈을 만족시키는 장비, 디자인이 내 마음에 쏙 드는 장비를 사용할 때 장기적으로 생산성도 향상된다고 주장할 수 있을지 몰라도 사실 큰 차이는 없을 것이다. 그리고 작업 효율을 위해 지금의 기기들을 고른 것도 아니다. 오로지 내 기분을 위해 고른 것이다. 나의 기분은 작업 효율처럼 수치화할 수 없지만 내 일, 나아가 내 삶에 대한 만족도를 높이는 중요한 요소다.

그렇다면 왜 디자인이 마음에 드는 도구를 사용할 때 기분이 좋을까? 앞으로도 계속 이어질 예정인 나의 디자인 중심적 소비를 합리화하려면 이 질문의 답을 찾아야 한다. 치열한 탐구를 이어간 지 무려 반 시간, 내가 다다른 결론은 이러하다. 내가 생산 수단의 디자인을 중시하는 이유는 다름 아닌 나의 인간성을 지키기 위해서다. 나의 시각적인 취향을 만족시켜 내 기분을 좋게 만드는 물건을 곁에 두는 행위는 바로 그 실용성을 증명하거나 수치화할 수 없기 때문에 필수적이다. 기기의 프로세싱 속도나 화질, 가격 대 성능비보다 그 예쁨에 집중할 때 나는 비로소 의식주 같은 기본적인 필요를 넘어선 삶의 면면에 집중하고 있다는 기분을 느낀다. 다시 말해 내가 일하는 기계, 돈 버는 도구가 아니라 인간이라는 것을 상기한다. 회사에서 다들 커피 믹스를 타 먹는데 굳이 원두커피를 가져와 그걸 또 갈아서 방울방울 내려 먹는 사람이라든가, 자리에 식물을 놓고 키우는 사람의 생각도 아마 마찬가지일 것이다. 인간성을 사수하기 위한 발버둥이다. 하지만 그 사소한 몸부림은 개인마다 다 다르다. 어떤 이는 책상에 자그마한 장식품을 놓고 어떤 이는 남과 똑같은 유니폼에 남과 다른 배지를 붙인다. 나는 맥을 사용한다. 나는 그러니까 실존적인 맥 유저다.

사실 내가 하는 노동은 그 자체로 무척 인간적이다. 나는 학자가 아니지만 내 일은 인문학이라는 분야에 포함되는 활동이라고 할 수 있을 것이다. 내가 일을 하면서 접하는 글들은 인간이라서 물을 수밖에 없는 물음을 묻고 나는 인간만이 사용하는 언어를 다룬다. 내가 정성을 기울여 고른 단어는 존중을 받으며 나는 적당히 인간적인 시간에 일을 시작하고 적당히 인간적인 시간에 일을 마친다. 그런 나도 일을 하는 내내 자꾸만 나의 인간성을 확인받고 싶다. 노동을 하지 않으면 살아갈 수 없는 세상이 아니라 돈이 없으면 살아갈 수 없는 세상이기 때문일 것이다. 내가 하는 일이 아무리 인간적이라도 이 일로 돈을 벌어야 하는 만큼 일의 성격, 방향 등을 완벽하게 주체적으로 결정할 수는 없다.

한편 부모 잘 만난 번역 프리랜서가 뜨끈한 방구석 책상머리에 앉아 맥이 어쩌고 윈도우가 저쩌고 인간성이 어쩌고 주체성이 저쩌고 할 때, 다른 한편에는 화장실에 갈 시간조차 주어지지 않는 일터에서 오줌을 참다가 방광염에 걸리는 사람이 있다. 하루 일해도 하루 먹을 임금조차 주어지지 않는다. 인간은 때가 되면 먹고 때가 되면 배설을 해야 하는 동물이다. 인간은 기계에 끼이면 팔다리가 잘리고 높은 데서 떨어지면 죽는 동물이다. 하지만 인간을 인간 취급하라고 요구하는 목소리가 높아지면 인간을 인간으로, 생명을 생명으로 보지 않으려는 세력은 인간을 계급으로 구분하고 우리와 남을 구분해서 착취를 합리화한다. 이는 인간 역사에서 무수히 되풀이되었고 여전히 지속되고 있다.

21세기가 되면 로봇이 반란을 일으킬 줄 알았건만 반란은커녕 기계가 인간을 노동으로부터 해방시켜 줄 날은 요원하고 일단은 인간의 밥줄을 위협하는 중이다. 한쪽에서는 인공지능이 사람을 대체하고 한쪽에서는 작업 도구의 디자인을 따지는 사람이 있으며 또 한쪽에서는 작업 도구에 사람이 깔려 죽는 지금, 지금은 2022년이다.

나의 기분은 작업 효율처럼

수치화할 수 없지만 내 일,

나아가 내 삶에 대한 만족도를

높이는 중요한 요소다.

의자

명품에 앉으니
비로소 보이는 것들

약 5년 전, 한 10년쯤 쓰던 사무용 의자의 사진을 찍어 어딘가에 올린 일이 있다. "회사 안 가는 주말인데 또 베틀에 앉아야 하다니"라는 자기 연민 가득한 문구와 함께. 사진을 본 사람들이 의자가 멋지다고 칭찬해 준 기억이 있다. 어느 창고형 매장에서 구매한, 밤색 가죽으로 덮인 회전의자였다. 신혼 때 이 의자를 살 때만 해도 사무용 의자에 대해 별생각이 없었다. 사무용 의자가 필요했고 자주 가던 창고형 매장에 이 의자가 있었으며 무엇보다 늘 책상에 앉아 일을 하는 아버지가 쓰던 의자와 비슷했다. 값도 비싸지 않았다.

책상에 앉아서 일을 할 때에는 으레 이런 의자에 앉는 것이려니 생각했다.

그때 나는 허리가 아프다는 것이 뭔지 모르는 20대였다. 30대가 되자 책상에 앉아 있는 시간이 길어지면 손목이 아프기 시작했다. 책상과 키보드, 의자와의 관계를 의식하기 시작했다. 분명 편치 않은 구석이 있었다. 하지만 교체하기에는 책상도 의자도 너무나 멀쩡했다. 40대에 들자 이제 의자를 교체할 때가 되었다는 생각을 항시 머릿속에 담아 두고 있었다. 내가 쓰고 있는 의자가 중역용 의자라는 점을 40대가 되면서 사무치게 깨닫고 있었던 것이다.

40대의 나는 나에게 이런 말을 건넸다. 중역은 회사에서 중요한 직책을 맡은 임원이라는 뜻이야. 그 사람들이 책상 앞에 앉아서 무얼 하겠니. 결재 서류에 사인이나 하고 아랫사람 불러 면담이나 하겠지. 하루에 최소한 대여섯 시간은 책상 앞에 앉아 있는 너는 용역용 의자, 아랫사람용 의자를 샀어야지.

이 중역용 의자는 앉는 부분이 넓고 등받이가 좀 뒤로 기울어져 있어서 어딘가에 발을 올려놓고 등받이에 눕듯이 기대어 있으면 편했다. 그런데 그 자세로 일할 수는 없다. 그래서 일을 할 때 등받이는 거의 무용지물에 가까웠고 나는 의자 위로 두 다리를 올려 양반다리를 한 채 일하거나 그 상태에서 다시 무릎 한쪽을 세워, 연속극 주인공이 양푼에 밥을 비벼 먹을 때 취하는 자세로 일을 했다. 허리를 꼿꼿이 세워 보려고 노력하던 시절도 있었지만 매번 나도 모르게 의자 위로 다리를 올려놓고 있었다. 이래서는 안 되겠다고 생각한 지 적어도 두 해가 흘렀고 올해 마침내 15년 동안 쓴 의자를 바꿨다.

의자계의 에르메스, 성공한 사람들의 의자, 앉아 있는 것이 아니라 흡사 공중에 떠 있는 것 같다는 허먼밀러사의 에어론 체어를 산 것이다. 오해를 방지하기 위해 말해 두거니와 오로지 출판 번역을 해서 에어론 체어를 사기는 정말 힘들다. 나는 출판 번역을 하는 동시에 해외에 있는 클라이언트에게 매달 약간씩의 영혼을 팔아 외화벌이를 한다. 하지만 그럼에도 내가 쓰던 중역용 의자에 비해서 족히 열 배는 비싼 이 의자를 선뜻 살 수는 없었다. 그저 마음에 둔 채하루하루 비빔밥 자세로 보내던 중이었다. 코로나19 팬데믹으로 인해 바깥나들이가 쉽지 않아졌지만 언젠가 꼭 전시장을 찾아 의자에 한번 앉아 보기라도 할 생각이었다.

다른 브랜드의 의자를 생각해 보지 않은 것도 아니다. 국내 브랜드의 의자 중에도 좋은 평가를 받는 제품이 있었다. 앉아 보았더니 제법 편안했다. 등도 잘 받쳐 주고 디자인도 썩 나쁘지 않았다. 값은 에어론의 절반도 하지 않았다.

그냥 국산으로 할까. 하지만 국산도 적지 않은 값인데 이왕 사는 거… '이왕 사는 거'라는 생각이 들면 어떤 신호라고 생각하면 된다. 이것은 어떤 징후다. 내가 곧 사정없이 돈을 쓰는 일이 발생한다는 뜻이다. 에어론으로 마음을 굳힌 데서 끝나는 것도 아니다. 에어론 체어도 종류가 다양하다. 높이와 팔걸이, 등받이 등 모든 부분이 조절 가능한 모델이 가장 비싼데 그중에서 검은 색상이 그나마 가장 저렴하다. 그런데 하필 밝은 회색 모델이 눈에 들어왔다. 밝은 회색 모델은 더 비싸다. 그리고 회전 바퀴가 달린 다섯 갈래의 다리가 플라스틱인 모델이 있고 크롬으로 도금된 금속인 모델이 있다. 후자가 더 비싸다. 하필 또 후자가 나의 시선을 사로잡는다. 이왕 사는 거.

하지만 '이왕 사는 거'의 마음과 통장 잔고가 쉽사리 밀고 당기기를 끝내지 않았다. 당장 허리가 어떻게 된 것도 아니고 의사의 진단서도 없어서 통장은 쉽게 허락을 내주지 않았다. 허락을 기다리며 버티던 중 수입 업체에서 거절할 수 없는 행사를 시작했다. 내가 갖고 싶던 바로 그 모델을 월 임대료를 내고 사용하되 임대 기간이 끝나면 인수하는 조건이었다. 임대료를 합한 값은 매매가를 넘지 않았다! 마음이 급해졌다. 내가 갖고 싶은 모델의 재고가 이 행사로 인해 매진될 것 같았다. 나는 전시장을 방문해 보지도 않고 의자에 앉아 보지도 않은 채 덥석 임대 계약을 체결했다.

한 달간의 기다림 끝에 의자가 집에 왔다(재고는 없었다. 다음 컨테이너가 도착할 때까지 기다려야 했다). 의자의 자태는 화면으로 보던 것보다 더 아담하면서도 현대적이고 매력적이었다! 등받이는 탄탄하게 아래쪽 척추를 받쳐 주었다. 더 이상 양반다리는 하고 싶어도 할 수가 없다. 양반다리를 하는 것이 더 불편하다. 물론 공중에 떠서 일하는 기분은 들지 않는다. 내 몸에 착 붙는 이 의자가 바른 자세를 유지하는 데 아주 큰 도움이 되고 있다는 생각과, 미래의 내가 분명 나를 칭찬하리라는 확신이 들었을 뿐 업무 효율이 크게 향상된 것도 아니다.

그럼에도 나는 의자가 도착하자마자 여러 각도에서 사진을 찍어 내 친구들에게 온라인으로 이 사실을 알렸다. 하지만 나는 신중하고 겸손한 사람이므로 24시간 후에 사라지는 게시 형식을 택함으로써 어느 정도 교양 있게 자랑했다. 혹시 이 게시물이 사라지기 전에 본다면 알아 둬. 난 이제 성공한 사람들이 앉는 의자 중에서도 제일 비싼 모델을 써. 그렇다. 나는 단지 허리 건강만을 위해 이 의자를 산 것이 아니었다. 이 의자는 내가 찔끔찔끔 팔아먹은 내 영혼에 대한 보상이며, 내가 여태 이루어 놓은 것에 대한 과시, 나아가 마흔이 넘은 나의 커리어가 과연 괜찮은 방향으로 가고 있는가에 대한 스스로의 불안에 대한 다독임이었다.

이 의자가 생계를 위한 활동에 필요한 도구이며 건강을 지키는 데 중요하다는 사실은 다만 구매를 합리화하기 위한 수단이었다. 물론 나는 친구들이 다 갖고 있다는 그 샤넬 백도 없고 까르띠에 시계도 없다. 그래서 이런 의자 정도는 있어도 된다고, 이 의자는 일하는 데 쓰는 거니까 명품만을 좇는 속물적인 태도와 별개라고 생각해 왔다. 하지만 실상 무엇이 별개인가. 무엇이 사치고 무엇이 분수에 맞는 소비냐 하는 것은 소비하는 사람의 벌이나 물건의 가격보다는 소비 주체에 대한 혐오적인 시선이 가름하곤 한다. 분명히 나의 에어론은 나의 샤넬이었다. 그렇다고 해서 당장 이 속물적인 선택을 무를 생각은 없다. 다만 나의 성취에 대한 보상과 과시, 고생에 대한 위로를 명품 구매 말고 다른 행위를 통해 얻을 수는 없는지, 에어론에 앉으니까 비로소 고민해 보게 되는 것이다.

내가 아주 좋아하는 노지양 번역가는 언젠가 스스로에게 선물을 하고 싶어서 쇼핑을 했는데 막상 받아 보니 마음에 들지 않아 반품하고 그 돈을 미혼모가족협회에 기부하기로 했다고 말한 적이 있다. 이보다 더 바람직할 수 있을까 싶은 과시였다.

가족에게 선물하거나 생계를 위해 가족과 나누어 진 짐을 내가 조금 더 짊어질 때, 그때도 내 노력에 대한 보상을 받는 느낌이 든다. 물론 노동이 그 자체로 보람을 안긴다면 가장 바람직할 것이다. 책에 찍힌 활자로 보는 내 이름만 한 보람도 없다. 친구들이 서점에서, 도서관에서 내 책을 봤다며 연락을 주는 것만 한 위로도 없다. 하지만 대개의 경우 돈을 벌기 위한 노력의 보상은 돈이다. 그래서 우리가 그 돈을 쓰는 모습은 우리가 아무리 감추거나 포장해도, 아무리 겸손하고 은근하게 과시해도 세상과 삶에 대한 우리의 태도를 여실히 드러낸다. 그리고 거기에는 분명히 더 바

람직한 태도와 덜 바람직한 태도가 있을 것이라고 나는 생

각한다.

'이왕 사는 거'라는 생각은

어떤 징후다.

내가 곧 사정없이 돈을 쓰는 일이

발생한다는 뜻이다.

집 1

충동이 없으면
구매하지 않는다

지르다. 동사. 가격이 버겁거나 딱히 필요치 않은 물건을
충동적으로 구매한다.

　표준국어대사전의 표제어 '지르다' 밑에 위와 같은 뜻풀
이는 없다. 그나마 비슷한 뜻풀이 중에는 '도박이나 내기
에서, 돈이나 물건 따위를 걸다'가 있다. 앞뒤 잘 재지 않고
냅다 구매해 버리는 행위가 도박이나 다름없기 때문에 순
간적인 욕구에 이끌려 무언가를 사는 행위를 지른다는 말
로 표현하게 된 것일까.

　'지름신'이라는 말도 있다. 국립국어원에서 발행한 2007

국어연감에 따르면, '충동구매를 부추긴다는 가상의 신'이라는 뜻의 지름신이라는 말은 2006년에 널리 퍼지기 시작했다.

2006년에 나는 집을 한 채 질렀다.

그 집은 갈대가 무성한 샛강 옆 자그마한 부지에 지어지고 있었다. 골조가 거의 다 올라간 시점이었던가? 우리가 우연히 그 공사 현장을 지나쳤을 때가? 나지막한 집들의 뼈대가 일렬로 길게 늘어선 모습이 눈길을 끌었다. 뭘 짓고 있는 거지? 설마 주택인가?

일단, 차를 세웠다.

그곳은 수많은 출판사 사옥들이 이미 지어졌거나 한창 지어지고 있는, 경기도 파주의 출판 산업 단지 내 부지였다. 그래서 이 건물이 주택일 가능성은 낮았다. 하지만 나는 구경이나 한번 해 보자고 온 출판 단지의 스산한 풍경에 이미 마음을 뺏겨 버린 뒤였다. 단지에는 건축가 승효상의, 녹이 슬어야 완성되는 건물이라든가 준엄한 직선으로만 이루어진 가로등 같은 것이 무심하게 흩어져 있었다. 이런 곳에 살아도 좋겠다고, 여기 지어지고 있는 나지막한 건물들이 주택이면 좋겠다고, 나의 생각은 어느새 달려가고 있었다.

마침 현장에는 안전모를 쓰고 감독 중인 남자가 있었다. 남자는 이곳에 지어지는 건물이 주택이 맞다고 확인해 주었다. 3층 주택 여러 채가 가로로 나란히 연결된 타운 하우스 단지이고 몇 달 뒤에 다 지어질 예정이며 다 지어진 뒤에야 분양이 시작된다고 말해 주었다. 타운 하우스!

당시 우리 부부는 광화문에 있는 원룸에 살고 있었다. 광화문에 사는 이유는 단 하나, 내가 그 동네에 살고 싶었기 때문이다. 나는 신림동으로 대학원을 다니고 있었고 남편의 직장은 은평구였는데 우린 광화문에 살았다. 그냥 좋았다, 그 동네가. 고궁도 좋았고 아기자기한 가게들도 좋았고 치솟은 사무용 건물들마저 좋았다.

그런데도 나는 타운 하우스라는 말에 혹해서 어느새 파주에서 산다면 어떨까 상상하고 있었다. 원룸 전세금으로 타운 하우스를 살 수 있을 리 없었다. 철근 콘크리트로 만든 뼈대만 봐도 그 집은 굉장히 고급스러운 주택으로 보였다. 미국에서 살던 시절, 네 식구가 방 두 개짜리 학생 아파트에서 3년을 살다가 마침내 3층짜리 타운 하우스로 이사를 갔는데 그때 살던 집이랑 모양이 비슷해 보였다. 미국 중서부에서 누리던 주거 형태를 한국에서 누리려면 굉장한 돈이 들 것이 분명했다. 애초에 그 타운 하우스를 사겠다는 생각은 없었다. 입주가 시작되면 전세나 월세가 나오겠거니, 그때 월세로라도 한번 살아 보고 싶다고 생각했다.

여러 달이 지나고 마침내 분양 공고가 떴다. 공개된 분양가는 내가 우려했던 것만큼 아주 비싸지는 않았다. 돌이켜 보면 그건 예상할 수 있었다. 파주는 서울보다 개성이 더 가까운 도시다. 내가 당시 물정을 몰라 지레 겁을 먹은 것뿐이다. 그렇다고 해도 종로구 원룸의 전세금으로는 '택도 없었'다.

그래도 우린 현장의 모델 하우스를 보러 갔다. 지상 층에 있는 현관을 통해 집으로 들어선 우리가 가장 먼저 마주한 것은 거실 저편 높이 6미터의 유리 벽이었다. 긴 창으로 초겨울 햇살이 쏟아져 들어오는, 기린 한 마리가 거닐어도 넉넉할 만큼 천장이 높다란 거실 옆으로 스테인리스 상판이 은은한 광채를 자랑하는 부엌과 조리대 겸 식탁이 있다. 창밖으로는 폭 2미터, 길이 6미터의 널찍한 발코니가 있고 여기서 아담한 정원이 내려다보인다. 거실 벽을 따라 2층으로 올라가는 계단은 짙은 원목을 가로로 댄 유리 난간이 독특하다. 침실은 세 개. 욕실은 안방에도 거실에도 있다.

다시 거실을 통해 한 층을 더 내려가면 탁 트인 반지하층이 있다. 우리가 살고 있는 원룸이 다 들어가고도 남을 크기다. 이 공간은, 잔디가 깔려 있고 크고 작은 정원수가 가지런히 심긴 정원으로 연결된다. 나는 그 집을 돌아본 지 반나절도 채 되지 않아 그 집이 아닌, 다른 곳에 사는 내 모습을 상상조차 할 수 없었다. 나는 이미 거기 살고 있었다.

다행히 나뿐 아니라 남편도 마음을 빼앗긴 모양이었다. 우리는 어느새 시행사 직원과 마주 앉아 대출이 얼마까지 가능한지 알아보고 있었다. 지름신이 내린 것이다.

정말 신이 들린 것처럼 우리의 선택은 모든 상식을 거스르고 있었다. 대출 금액은 자산에 비해 너무 컸다. 월수입의 아주 큰 부분을 은행 이자로, 밑 빠진 독에 물 붓듯 부어야 할 터였다. 강 건너 북한 땅이 보이는 스릴 넘치는 '입지'에다가 '환금성'이 떨어지는 소규모 단지였다. 주변 편의 시설은 편의점 하나. 마트도 초등학교도 세탁소도 카페도 없었다. 되돌아보니 그랬다는 것이지 당시에는 이런 것들을 조목조목 따져 보지 않았다. 대출은 금방 갚을 수 있을 것 같았고 금리는 오르지 않을 것 같았다. 교통 여건이 좋지 않다는 것은 반대로 여건이 좋아졌을 때 집값을 상승시키는 '호재'가 될 수 있다는 의미가 아닐까 싶었다.

우리는 생애 최대의 소비를 하기로 했다. 그 집에서 산다는 것만으로 대출 이자를 넘어서는 행복이 발생할 것 같았다. 집을 사기로 결정하자 당연히 주변에서 만류하는 사람들이 있었다. 말은 안 해도 우리가 아주 어리석다고 생각하는 사람도 있었을 것이다. 우리는 부동산의 투자 가치 같은 말들로 삶의 행복을 좌우할 결정을 오염시키고 싶지 않다고 믿었던 걸까. 만류할수록 더 확고해질 뿐인 철딱서니 없던 시절이었다.

운명적으로 그 집과 만난 지 한 해가 지났을 즈음 우리는 그 단지에 최초로 입주해 있었다. 얼마 되지도 않는 이삿짐 위에 앉아서 높이 솟은 거실 천장을 보는데 이사를 도와주러 온 친정 식구들 앞에서 저절로 어깨가 펴지고 고개가 당당하게 섰다. 좁은 원룸에 둘러앉았을 때와는 달랐다. 그래도 아버지는 근심이 가득해 보였다. 임진강이 한강과 합류하는 지점, 샛강 근처에 지은 집으로 이사를 왔다는 점이 특히 걱정되었는가 보다. 그 뒤로 비가 내릴 때마다 전화기 너머 목소리에는 근심이 역력했다. 몇 년 뒤, 며칠간 이어진 집중 호우 때문에 토사가 집 안으로 밀려들어 오는 사건이 벌어진 곳은 우리 집이 아닌 친정집이었다.

우리는 정말 기대만큼 행복했을까? 그 시절을 돌이켜 본다. 해가 쨍한 아침이면 부엌에서 창을 열고 발코니로 나가 정원을 내려다보면서 식사를 하곤 했다. 봄가을뿐 아니라 여름에도 겨울에도, 발코니에서 밥을 먹거나 커피를 마실 수 있는 날은 의외로 많았다. 정원에는 아버지가 삽목해서 뿌리를 내려다 준 불두화를 심었고 이듬해에는 꽃이 아홉 송이나 피었다. 남편은 흰 장미를 심고 싶다고 했다. 의외였다. 장미라면 붉은 장미 아닌가? 참 별나다 생각했지만 잠자코 함께 장미를 사다가 심고 장미가 타고 오를 수 있도록 트렐리스를 놓아 주었다. 겨울에 눈이 내리면 발코니와 정원에 소담스럽게 쌓였고 따뜻한 집 안에서 한없이 바라볼 수 있었다.

늘 좋기만 했을까. 어느 해 봄에는 정원에 잔디가 잘 자라지 않아 잔디 씨앗을 사다 심었는데 하필 켄터키 블루그래스라는 종이었다. 너무 빨리 자라서 굉장히 자주 잘라 줘야 했다. 토종 금잔디를 심어야 했다는 것을 나중에 알았다. 지하층에는 습기가 많았다. 한여름에는 침실 층에 열기가 모여 후끈했다. 온도와 습도를 적극적으로, 그리고 부지런히 관리해 주어야 집이 망가지지 않는다는 사실을 깨달았다. 청소도 너무 힘들었다. 청소기를 이층 저층으로 끌고 다니느라 애를 먹었다. 결국 온갖 청소 도구를 각 층마다 구비해야 했다.

서울을 오가는 버스는 드물었고 택시비가 술술 나갔다. 친구들에게 놀러 오라고 선뜻 말할 수 없는 시골 동네였다. 그래도 초대해 발코니에서 고기도 구워 주고 남는 방에서 재워도 줬다.

반전은 없었다. 금리는 멈출 줄 모르고 치솟았다. 호재는 없었고 집값은 꿈쩍하지 않았다. 우리는 열심히 일했고 성실하게 이자를 냈으며 대출금을 갚았지만 우리가 허덕일지언정 파산하지 않은 것은 상당 부분 운이 좋아서였다. 우리의 선택은 옳았던 걸까. 그때 서울 시내에 아파트를 샀더라면 지금 우리의 자산은 훨씬 더 커져 있을 것이다.

하지만 투자의 안정성이나 미래 가치를 고려하지 않은 채 오로지 취향에 따라 마음 가는대로 고른 결과 집을 비롯한 삶을 구성하는 여러 요소에 대해 더욱 뚜렷한 취향과 기준이 생겼다. 결과적으로 취향을 시험대에 올려놓은 것인데 그로써 취향에 대한 취향이 생긴 것이다. 취향이 발전했다고 할 수도 있겠다. 그리고 그 취향은 내면의 힘이 되었다. 내 취향대로, 내 생각대로 선택하는 행위에 대한 자신감으로 이어졌다.

다른 것도 아니고 집을 충동구매한 사람의 정신 승리라고 봐도 상관없다. 나는 이제 충동이 없으면 구매를 하지 않는다. 마음을 움직이고 이성을 흔드는 것이 아니면 돈을 내놓지 않는다. 자꾸 이렇게 살다 보면 나의 충동이 어디서 오는지 확신이 생기고 시장이나 또래 집단에 의해 형성된 것이 아니라고 말할 수 있게 된다.

이 모든 것이 실패한 투자에 대한 억지스러운 자기 합리화일 수도 있다. 사는 집이나 사는 지역이 마음에 들지 않아도 좀 참으며 한동안 허리띠를 졸라매는 노력을 해야 노년에 비로소 노른자위 땅에 내 집 한 채 가질 수 있는 법인지도 모른다. 그저 가진 데 안주하고 노력하지 않는다면 너무 나약한 삶이 아닐까. 하지만 나는 매 순간 노력하고 있다. 생각대로 사는 일, 나를 들여다보는 일도 노력이다. 노력을 통해 내가 나의 생각대로 사는 것이 소중한 만큼 남도 자기 생각대로 살 수 있어야 한다는 깨달음을 얻는다. 그래서 나의 생각이 다른 인간에게, 다른 동물, 사회, 세계에 어떤 영향을 미치는지 들여다보는 노력도 게을리하지 않는다. 나는 안주한 적이 없다.

내가 살 집을 투자나 미래 가치의 관점에서 바라보지 않기로 한 결정 아닌 결정이 나에게 백번 옳은 결정이었음을 새삼 깨달은 시기가 있다. 36세에 암 진단을 받고 난 뒤, 과연 40세 생일을 맞이할 수 있을까 진지하게 고민할 때였다. 30대 중반에, 죽어도 여한이 없을 삶을 살았는가 스스로 뒤돌아볼 계기는 아무에게나 주어지지 않는다. 나에게 그런 감사한 기회가 주어졌고 당시 나는 걸어온 길이 꽤나 만족스러웠다고, 후회스러운 일은 없다고 결론지었다.

한편 충동의 파주살이는 또 하나의 충동이자 욕구로 이어졌다.

이제는 내 집을, 지어 보고 싶어진 것이다.

집 2

예술가의 작품이자
우리 동네의 풍경

번역은 종종 추리력을 발휘해야 하는 일이다. 번역을 하다
보면, 어떤 이유에서든 글쓴이가 말하고자 하는 바가 무엇
인지 도대체 알 수 없는 경우가 있다. 많다. 그럴 때는 글쓴
이에게 연락을 취해서 원뜻을 알아내면 좋으련만 글쓴이가
늘 연락을 받을 수 있는 처지는 아니다. 글쓴이가 2000년
전에 죽은 사람일 수도 있다.

글이 유려하기는커녕 말하고자 하는 바가 번역자에게조
차 제대로 전달되지 않는 경우라면 글쓴이에게 연락을 취
하는 것이 오히려 실례가 될 수 있다. 글을 왜 이렇게 못 알

아먹게 썼느냐, 힐난하는 것처럼 느껴질 수도 있을 것이다. 게다가 글쓴이가 아직 유명을 달리하지 않았어도 역자 사이에는 편집자나 출판 에이전시, 혹은 프로젝트 매니저가 끼어 있기 때문에 글쓴이와의 소통이 쉽지만은 않다.

추리력을 발휘해도 도무지 안 될 때가 있다. 그때는 상상력을 발휘해야 한다. 몇 달간 한 번역 회사를 통해 건축 잡지 기사를 번역한 적이 있다. 어렸을 때는 이해할 수 없는 글에 부딪히면 내 탓을 많이 했다. 건축 잡지를 번역할 무렵의 나는 좀 달랐다. 도통 이해할 수 없는 글과 마주했을 때 그 어려움이 어디까지 내 부족함 때문이고 어디서부터 글쓴이의 부족함 때문인지 분간할 수 있는 정도에는 이르러 있었다. 그래서 추리력과 상상력을 어지간히 쥐어짰다. 때로는 내가 글쓴이와 함께 어떤 건축적 아이디어를 완성해 가는 조력자 같다고 생각하기도 했다. 그런데 그 품에 비해 품삯이 너무 보잘 것 없어서 얼마 안 가 그만두었다.

그러나 그 일을 하는 몇 개월간 아주 명쾌한 글을 몇 개 만났는데 그 가운데 대부분이 바로 건축가 황두진의 글이었다. 잘 쓴 글은 번역도 쉽다. 그렇게 그의 글을 통해 그의 건축을 만났다. 그가 한옥을 리모델링하면서, 한옥을 어떻게 효과적으로 현대 건축 세계로 가지고 들어올 것인가 하는 문제에 대해 했던 고민과 해법은 그 과정이 논리적이고 결론은 타당했다. 건축가 황두진은 글을 잘 쓰기도 했지만 무엇보다 글쓰기를 좋아하는 건축가 같았다. 인터넷이나 서점에서도 그가 쓴 글을 찾기 어렵지 않았다. 종종 글을 찾아 읽었고 그가 지은 건물을 직접 찾아가 보기도 했다.

잘 쓴 글은 또한 설득력이 있다. 건축가 황두진은 단지 건물의 면과 선의 배치 같은 것만을 고민하는 건축가가 아니라 도시라는 환경에서 효율을 높이고 삶의 질도 높이는 건축 형태, 도시의 형태, 도시의 삶의 형태를 그려 내는 사람이다. 거기서 무지개떡 건축이라는 개념이 나온다. 무지개떡의 층층이 색이 다르듯 무지개떡 건물은 층층이 용도가 다르다. 1층은 가장 공적인 공간으로 상가 등의 용도를 가지며 가장 상층부는 가장 사적인 공간으로 주거용이다. 그 사이 층은 사무용으로 적합하다. 이 같은 저층의 고밀도 복합 건물은 직주 근접의 삶, 거닐 수 있는 도시를 가능하게 한다. 내가 그리던 그림이 그의 꿈과 일치한 것인지 아니면 너무나 설득력 있는 글이어서 내가 넘어간 것인지 이제 와서 생각해 보니 기억해 낼 수가 없다. 당시 남편은 그

동안 해 왔던 일을 미련 없이 접고 나이 마흔에 카페에서 일을 배우고 있었다. 나는 나만의 번역 작업실을 가져야 한다고 늘 생각하고 있었다. 카페와 작업실, 그리고 주거를 합친 꼬마 건물을 지으면 좋겠다고 생각했다. 그게 건축가 황두진의 글을 본 다음에 한 결심인지, 먼저 결심하고 그를 떠올린 것인지 지금 와서 기억해 내기는 어렵다. 아무튼 집을 지어야겠다는 마음이 싹틀 무렵 황두진건축사무소의 문을 가장 먼저 두드렸음은 당연하다.

문제는, 이 건축 사무소가 이미 유명했다는 점이다. 과연 가진 것 많지 않은 우리 부부의 집을 설계해 준다고 할까? 일단 제일 먼저 이메일을 보냈다. 우리에게 이러이러한 꿈이, 허황할지 모를 꿈이 있다고 했다. 집을 지을 수 있는 지역과 부지, 예산 등이 이미 정해진 상황에서 우리는 어떻게든 집을 짓겠다는 생각을 밀고 나가기보다 그 생각의 실현 가능성이 있는지 그것부터 알아봐야 했다.

사무소에서 금세 답장이 왔다. 꿈을 이루어 주는 것이 바로 건축가의 일이라고 했다. 실현 불가능하지 않으며 가능하도록 만드는 게 그들의 일이라고 했다. 이메일을 주고받은 뒤 만나서 단 한 차례 상담을 하고 집을 짓기로 했다.

번역이 쉽고 설득력이 뛰어났던 건축가의 글처럼 체계적이고 원활한 일처리 덕분에 낯선 일에 앞섰던 작은 불안감들은 하나씩 작은 희열로 바뀌어 나갔다.

설계에 앞서 우리 부부는 짓고 싶은 집에 대한 요구 사항을 문서로 만들었다. 하지만 벽돌집을 원하는지, 노출 콘크리트 집을 원하는지, 평평한 지붕을 원하는지, 박공지붕을 원하는지 정확히 적지는 않았다. 그건 설계자가 할 일이라고 생각했다. 명시하지 않았지만 기상천외한 외관이 나오지 않을까 염려하지는 않았다. 이미 건축 사무소의 포트폴리오를 세세히 공부한 뒤였다. 대신 큰 그림을 전달했다. 그중 하나가 '시간이 가고 때가 탈수록 아름다워지는 집'이었다. 그러면서도 '실용적이고 에너지 효율이 높은 집'이어야 한다는 요구 사항도 있었다. 건축 사무소에서는 참 난감했을 것이다. 차라리 '3층짜리 벽돌집을 지어 주세요'라면 편했을 것을.

또 우리는 그 안에서 주로 무얼 할 것인지 적었다. 조용한 카페를 구상하고 있다고 했다. 내가 번역 작업을 할 수 있고, 글빚에 허덕이는 다양한 사람들이 찾아와서 작업할 수 있는 카페를 만들고 싶다고 했다. 음악을 좋아하는 우리가 종종 작은 연주회를 열 수 있어야 한다고도 적었다. 집에 대해서는 여러 다른 사항과 함께, 외부도 내부도 아닌 정원이나 발코니 공간이 많았으면 좋겠다는 뜻을 전달했다. 그리고 무엇보다 그 문서에 우리가 어떤 사람인지 담으려고 했다. 집을 지은 지 곧 10년이 되어 가는 지금 그 문서를 다시 열어 본다. 수많은 모호한 요구 사항이 담긴 문서를 보고도 우리를 내치지 않은 건축 사무소에 심심한 감사의 마음이 사무친다.

이듬해 마침내 지어진 집은 우리가 예상하고 기대했던 그대로였다. 동시에 내가 전혀 기대하지 않은 즐거움도 주었다. 나는 집을 짓는 일은 이미 그전에 해 봤던, 집을 사는 일과 과정이 좀 다를 뿐 크게 차이가 없으리라고 생각했다. 그동안 내가 해 왔던 다양한 구매 및 소비 활동과 큰 차이가 없을 것이라 생각했다. 철저히 주관적인 입장에서 다양한 조건을 고려하여 타운 하우스를 구매하거나 마음에 드는 디자이너의 옷을 사는 일과 비슷한 자세로 임했다.

하지만 완성된 집은 첫째로 정말 예뻤다. 집을 나와 오른쪽으로 꺾어 동네 어귀로 내려갔다가 거기서 옆 골목으로 돌아 다시 집으로 올라오면 집을 정면으로 바라보며 귀가하게 된다. 나는 그 단정하고 군더더기 없는 모습에 하루도 빠짐없이 감탄했다. 집이 겨울에 따뜻하고 여름에 시원하면 됐지, 비 안 새고 해 잘 들면 됐지, 예쁘기까지 해야 할까? 예쁘기까지 해야 한다. 그 예쁨은 내가 상상하지 않았던 아름다움, 그러니까 내가 어떤 기성품의 선택 기준으로 삼곤 하는 요소들의 데이터베이스에는 저장되어 있지 않는 아름다움이기 때문이다. 가령, 창문의 가로세로 비율이라든가, 벽돌을 그물처럼 쌓아 만든 모서리의 예각, 창틀색과 벽돌 색, 그리고 벽돌 줄눈 색의 조화로움 같은 세세한 요소들이 나로서는 상상할 수 없었던 원리에 따라 어우러져 내게 기대 밖의 미적 만족감을 주고 있었다.

건축주는 나였지만 내 집은 내 물건이 아니라 건축가의 예술 작품이라는 생각이, 건물이 완성된 뒤에야 비로소 뼈저리게 느껴진 것이다. 예술 작품은 보통 사람들이 보지 못하는 세계를 독자적인 영감과 특별한 통찰력으로 보여 주듯, 우리 집도 그랬다.

나의 집이지만 누군가의 예술품이라는 생각에 이르자 내가 마치 저 유명한 메디치 가문처럼 동시대 예술가의 후원자가 된 기분이 들었다. 바라만 봐도 좋은 이 집은 건축가의 머릿속에서 나왔지만 그래도 내가 그 이상을 구현하는 데 땅과 돈을 제공한 것 아닌가? 게다가 이 생각은 메디치 가문이 피렌체의 풍경을 바꾼 것처럼 내가 동네의 풍경을 바꾸었다는 기분 좋은 망상으로 이어졌다. 우리 집은 매년 빠지지 않고 '우리 동네 가장 예쁜 집 어워드' 대상을 받는다. 심사 위원단은 나와 우리 남편으로 이루어져 있다. 주관적이라고? 심사 위원장으로서 나는 예술이 객관적일 수 있는 한에서, 이론적이고 비평적인 잣대로 매년 공정한 심사를 하고 있다고 자부한다.

그리하여 이 집을 지켜 내는 것은 나의 사명이 되었다. 이미 내 집인 집을 지켜 내다니? 내가 지었지만 아직도 은행과 나눠 가진 집이기에 그렇다. 또 집이라는 것은 잘 짓는 것만큼 잘 관리해 주어야 하기 때문에 그렇다. 내가 오래도록 이 집을 지켜 낼수록 이 집은 내가 산 것이 아니라 노력으로 이루어 낸 것이라는 사실이 내게 보람을 줄 것이다. 구매하기 위한 돈을 버는 데만 노력이 들어간 것이 아니다. 내가 애써 가꾸어 온 취향과 신념이 이 집을 짓는 선택으로 이어졌으니 그 또한 노력이다. 이 집은 곧 예술가의 작품이기도 하고 우리 동네의 풍경이기도 하다. 가격이 오

르면 팔아서 수익을 낼 수 있는, 노후를 위한 담보로 삼고
자 하는 부동산만이 아니다. 살아 있는 동안은 지켜 내고
싶은 나만의 팔라초 메디치다.

신발

자기혐오는
어릴 때부터 시작된다

나는 '그것'이다. 요즘 그 누구도 입에 담지 않고자 하는, 천의를 거스르며 나라를 망친다는 신념, 바로 그 신념을 가진 극악무도한 '그것'이다. 떠들고 설치고 생각하는 '그것'이다. 하지만 내가 이런 위태로운 어둠의 길로 빠진 데에는 다 이유가 있다. 이제부터 그 사연을 고백해 보려고 한다.

아마 태어날 때부터 천의를 거스르는 망국의 '그것'인 여자는 없을 것이다. 단언하건대 내가 이런 처지가 된 것은 결코 내 탓이 아니다. 그것은 다 발 때문이다. 그렇다. 나의 두 발 때문이다.

열한 살이나 열두 살 무렵이었을 것이다. 엄마가 여성화 매장에서 신발을 사 줬다. 앞코가 뾰족한 슬링 백 스타일의 구두, 그러니까 뒤꿈치가 막혀 있지 않고 끈으로 고정하게 되어 있는 하얀 구두였다. 굽은 낮지만 어딜 봐도 아동화 같지 않은, 명백한 성인 여성의 구두였다. 새 구두를 신고 에스컬레이터를 탔는데 레일 아래 유리에 비친 구두와 그 구두를 신은 내 발이 정말로 곱고 예쁘장했다. 나는 겉으로 티를 내지 않으려고 애쓰며 반사된 발의 옆모습을 몇 번이나 훔쳐보았다.

아동화 매장이 아니라 여성화 매장에서 구두를 산 것은 내 발에 맞는 신발이 아동화 매장에 없었기 때문이다. 중학교에 가기도 전부터 성인 여성 신발을 신어야 했던 것이다. 지금의 나는 키가 그렇게 큰 편은 아니어서 또래 평균 신장보다 몇 센티미터 더 큰 정도이지만 발은 정말 크다. 너무 커서 우리나라에서는 여성 구두를 살 수가 없다. 이렇게 얘기하면 어떤 여성 독자들은 생각할 것이다. 나도 커! 나도 발이 255밀리미터여서 우리나라에서 좀처럼 구두를 살 수가 없어! 이런 순진한 오해를 막고, 내가 입에 담을 수 없는 망국적 사상을 가진 '그것'이 되어 버린 이유에 뚜렷한 개연성을 부여하고자 여기서 숨기고 또 숨겨 왔던 비밀을, 나의 정확한 발 사이즈를 밝히고자 한다. 나는 265 또는 270밀리미터 사이즈의 신발을 신는다. 미국 여성 사이즈로 9.5 또는 10, 유럽 사이즈로는 41이나 42다. 나는 남편보다 발이 크다.

자, 이제 이 고독하고 그릇된 길로 빠진 나에 대한 이해와 연민이 생기지 않는가? 내가 우리나라의 신발 가게에서 살 수 있는 신발은 남자 신발, 혹은 남녀 공용 신발밖에 없다. 그래서 일찌감치 인터넷으로 미국에서 직접 구매, 즉 직구를 했다. 하지만 신발은, 같은 사이즈라 해도 발에 맞는 모양이 다 달라서 구두를 신어 보지 않고 구매하면 실패할 확률이 높다. 게다가 나는 발이 조금이라도 작아 보이면 좋겠다는 생각 때문에 가능하면 작은 사이즈를 샀다. 적어도 9.5는 신어야 하는데, 구매 후기 중 사이즈가 크게 나왔다는 말이 한 마디라도 있으면 희망 섞인 사고 회로를 돌려 9사이즈를 샀다. 늘어나겠지, 얇은 양말을 신으면 되겠지. 막상 작은 신을 신으면 당연히 발이 아프다. 오래 걸을 수 없다. 아프기만 한가? 피도 난다. 21세기에 이 무슨 말도 안 되는 전족의 고통인가. 자꾸 신다 보면 늘어난다고는 하지만 날카로운 통증의 기억 때문에 신발은 신발장에 처박혀 좀처럼 나오지 않는다. 몇 년 전까지만 해도 그런 식으로 사들여 신발장에 처박아 둔 신발이 많았다.

그중에는 제법 값나가는 첼시 부츠도 있었다. 첼시 부츠는 발목 위로 올라오는 부츠이지만 지퍼나 끈이 없는 다소 남성적인 스타일의 부츠인데 지옥에서 온, 입에 담을 수 없는 '그것'의 분위기를 연출하는 데 안성맞춤이다. 그런데도 나는 이미 남성적인 부츠가 더 남성적으로 보이는 것을 막기 위해 너무 꼭 맞는 사이즈로 구매했던 것이다. 보기에는 멋졌으나 당연히 불편했다. 그런데 나는 그 불편함을 딱딱한 가죽 탓으로 돌리고 다른 브랜드의 첼시 부츠를, 이번에도 꼭 맞는 사이즈로 또 다시 구매하는 실수를 저질렀다. 발이 안 들어가는 것은 아니었지만 신고 버스 정류장까지 걷기라도 하면 정말이지, 종아리 근육이 경련을 일으킬 지경으로 불편했다.

작년에 이 부츠를 두 켤레 다 내다 버렸다. 아무리 보기 좋은 구두라도 발이 아픈 것을 참아 가며 신지는 않겠다는 선언이었다. 내 발이 크다는 것을 인정하기로 결심한 것이다. 이미 30대 초반, 굽이 높은 구두를 국내에서 살 수도 없고 발가락이 아파서 오래 신을 수도 없었을 때 나는 악에 받쳐 어둠의 길 어귀에 섰다. 연주자로 무대에 설 때가 아니면 굽 높은 구두를 신지 않았다. 그럼에도 거의 마흔이 되어서야 희망하는 사이즈의 신발이 아닌 내 실제 발 크기에 맞는 신발을 사겠다는 결심을 했고 구두와의 유해한 관계, 아니 구두로 나를 괴롭히는 자기 학대에서 빠져나온 것이다. 어떻게 보면 이것은 입에 담을 수 없는 '그것'으로서의 상당한 성장을 의미할 수도 있고 내가 그만큼 나이를 먹었다는 의미일 수도 있다.

그러나 나는 여전히 신발 가게에서 신발을 살 수 없어서 인터넷으로 구매한다. 남녀 공용 운동화는 사이즈가 다양하므로 스포츠 용품 가게에 가서 신어 보고 살 수 있고 그러면 여러 면에서 실패할 확률이 낮아질 텐데도, 나는 내 입으로 점원에게 내 발 사이즈를 말하는 순간을 상상할 수조차 없다. 점원이 어떤 반응을 보일까 상상만 해도 몸이 오그라든다.

도대체 그것이 왜 창피한가? 발이 큰 것은 잘못도 아니고 노력한다고 줄일 수 있는 것도 아니며 발이 큰 여자도 있고 발이 작은 남자도 있는 법이다. 창피해야 할 일이 아닌데, 떳떳하지 못할 일이 아닌데 창피하다는 사실에 망국의 '그것'으로서 내 자존심이 울분을 터뜨린다. 그리고 호통친다. 당장 매장을 찾아가! 찾아가서 가슴 펴고 당당하게 네 사이즈를 꺼내 달라고 해!

하지만 차마 그럴 수 없다. 왜 그럴 수 없는지 곰곰이 따져 보면 이유는 세 가지쯤 있다.

먼저, 과거에 구두 매장에서 들었던 말들이나 받았던 인상들이 상처로 남아 있다. 제일 큰 사이즈로 주세요. 여학생 발이 이렇게 커요? 그렇게 큰 사이즈는 안 나와요. 따로 주문하셔야 해요. 이태원 가셔야 해요. 도둑 발이네. 항공 모함이다. 미국에서 떨이로 매입해 왔을 거대한 구두들이 모여 있는 이태원의 구두 매장 유리에는 '왕발' 혹은 '빅 사이즈'라는 문구가 적혀 있고 나는 진저리를 치면서도 그 안으로 들어갈 수밖에 없었다.

둘째, 그 상처들로 인해 생긴 내 발에 대한 혐오감이 여전히 존재하기 때문이다. 나는 내 발에 맞는 신발을 찾을지언정 여전히 발이 작아 보이는 신발을 찾는다. 아직도 작은 발이 예쁘고 큰 발은 못생겼다고 생각한다. 여름날 남들에게 양말을 신지 않은 맨발을 드러내야 하는 어쩔 수 없는 상황을 만들지 않도록 몹시 애를 쓴다.

셋째, 큰 발에 대한 세상의 혐오감도 여전히 실재하기 때문이다. 작은 발이 아담하니 예쁘다고 생각하는 것은 나뿐 아니다. 내가 265밀리미터 사이즈의 운동화를 달라고 했을 때 점원이 어떤 반응을 보일지 정확하게 예측할 수는 없지만 "발이 참 큼직하니 예쁘시네요"는 아닐 것이다. 신데렐라 언니가 과연 발이 너무 작아서 유리 구두가 맞지 않았을까?

이처럼 나는 내가 매장에서 신발을 구매하지 않는 이유, 나의 발이 수치스럽게 느껴지도록 만드는 사회적 메커니즘과 기제를 이성적으로는 잘 알고 있다. 하지만 무엇보다 각인되다시피 한 과거의 경험과 거기서 비롯된 자기혐오를 이성으로 쉽게 제거하지 못한다. 게다가 세상은 여전히 외모를 따지고 특히 여성의 외모에 대해서는 훨씬 더 복잡한 잣대를 들이댄다. 2015년 발표된 어느 OECD 보고서에 따르면 한국 남자 청소년의 과체중 비율은 여성 청소년의 과체중 비율의 두 배였다. 연합뉴스는 전문가의 의견을 빌어 그 차이가 한국의 여자아이들이 느끼는 외모에 대한 사회적 압박 때문이라고 분석했다. 자기혐오는 아주 어릴 때부터 시작된다.

여성의 외모가 더 가혹한 잣대로 평가받는다는 사실은 역설적으로 외모가 뛰어나거나 외모를 잘 가꾼 여성들을 향한 추잡한 말들을 봐도 알 수 있다. 남녀를 '떠나서' 말할 수 없는 것들은 많지 않다. 외모에 대해서는 더더욱 남녀를 떠나서 말할 수 없다.

내가 신발 가게에서 신발을 살 수 없는 이유는 내가 겁쟁이라서가 아니다. 여전히 큰 발은 알아서 숨겨 주는 것이 미덕인 세상이기 때문이다.

같은 이유에서 페미니스트라는 말을 감히 입에 담지 못하는 사람들에게도 마찬가지의 사정이 있을 것이라고 생각하고 싶다. 2014년, 패션지 《엘르》는 '페미니스트는 바로 이렇게 생겼습니다This is what a feminist looks like'라고 적힌 티셔츠를 만들었고 베네딕트 컴버배치나 톰 히들스턴 같은 남자 배우가 이를 입고 사진을 찍는 캠페인을 펼쳤다. 2017년 당시 대선 후보였던 문재인 전 대통령은 페미니스트 대통령이 되겠다고 공언했다. 그런데 2022년인 지금, 스스로 페미니스트라고 선언하는 공인은 드물고 오히려 편을 가르기 위해 먼저 '페미'라는, 천하의 부도덕한 극단주

의자 이미지를 꾸며 낸 다음 마음에 들지 않는 집단에 그 딱지를 붙이는 행위가 난무한다. 개인, 특히 여성이 거기에 섣불리 저항할 수 없는 사정을, 내가 내 발을 부끄러워하는 사정에 미루어 이해해 보려고 한다. 그렇지만 용기를 내어 한 걸음 더 나아가 보면 어떨까. 나는 페미니스트다. 그리고 이 페미니스트는 조만간 매장에서 발에 맞는 신발을 신어 보고 사 볼 예정이다. 나는 늘 최악의 시나리오를 상상하지만 점원은 아마도 아무 말 없이 내 사이즈를 가져다주거나, 내 큰 발을 못 본 척하며 애써 나를 위로할 것이다.

요즘 일부러 크게 신으시는 여성분들 많아요, 하면서.

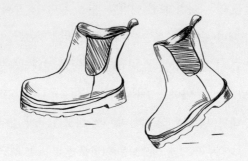

내가 신발 가게에서 신발을 살 수 없는 이유는

겁쟁이라서가 아니다.

큰 발을 알아서 숨겨 주는 것이

미덕인 세상이기 때문이다.

3부

살기 위해 사고,

사기 위해 산다

바지

INTJ의
소비 생활

나 같은 손님에게 절대로 팔기 싫은 옷이 있다면 이렇게 말하면 된다.

"요즘 이게 제일 잘 나가요."

내가 옷을 쇼핑할 때 제일 끔찍하게 여기는 말이다.

이게 다 천연 여우털이에요. 이처럼 진저리 나는 말도 없다. 여우털이 달린 그 외투도 사기 싫어지고 그 가게의 모든 옷이 싫어진다.

그게 제일 큰 사이즈예요. 내 키가 평균보다 그리 큰 것도 아니고(조금 크다), 몸무게가 평균보다 그리 더 나가는 것도 아닌데(조금 더 나간다), 왜 늘 사이즈가 없는 것일까. 정말 듣기 싫은 말이다.

어디 입고 한번 나와 보세요. 싫다, 싫다, 다 싫다.

그런데 이런 말들은 쇼핑을 할 때마다 정말 단 한 번도 거르지 않고 듣는다. 점원들의 잘못이 아니다. 짐작건대 나 같은 사람이 아주 드문 것일 뿐이다. 그렇지 않다면 점원들의 말이 근 20년간 이토록 한결같을 수가 없다. 내가 예민한 것이다. 이러니 필요한 물건이 생기면 온라인으로 구매하는 쪽을 아주 선호한다. 근래에는 대유행병 때문에 외출을 삼가서 더욱 그런 편이다.

겨울 바지가 하나 필요하다고 치자. 먼저 늘 가는 브랜드의 웹사이트에 접속한다. 그리고 원하는 카테고리로 이동. 이미 원하는 소재와 형태가 머릿속에 있고 가용 자원도 어느 정도 정해져 있기 때문에 색상, 사이즈 필터를 적용하고 가격 순으로 정렬해서 나온 결과들을 본다. 마음에 드는 바지가 없으면 첫 번째 브랜드만큼 좋아하지는 않지만 그래도 썩 나쁘지 않은 다른 브랜드의 웹사이트로 이동, 같은 절차를 반복한다. 이런 방식으로 쇼핑을 하다 보면 짧은 시간 안에 아주 많은 선택지 속에서 내가 원하는 물건을 선별해 낼 수 있다. 후보가 두어 개로 좁혀지면 상세 설명을 잘 읽어 본다. 이때 울 생산자를 선택할 때 어떤 윤리 원칙에 따르는지, 재활용 소재는 몇 퍼센트 들어갔는지 등을 확인한다. 이어서 다른 구매자들의 후기를 읽고 제품의 사진과 설명이 실물을 얼마나 잘 반영하고 있는지 가늠해 본다.

이것은 두말할 것 없이 내향형 인간의 방식이다. 그리고 나무보다 숲을 보는 사람, 감정보다는 논리, 융통성보다는 뚜렷한 목적과 방향, 체계를 선호하는 사람의 방식이다. 내가 'INTJ'로 분류된다는 말이다.

INTJ는 'MBTI(마이어스 브릭스 유형 지표)'라는 성격 분류 체계 안에서 나를 설명하는 방식이다. 나는 MBTI 테스트를 실제로 받아 보지는 않았고 이 체계를 바탕으로 만들었다는 어느 웹상의 질문지를 통해 내 유형을 알게 됐다. 이 웹사이트에는 결과를 받아 보면 누가 내 인생을 들여다본 듯 소름이 돋을 것이라고 적혀 있었다. 나는 INTJ 유형의 특성을 나열한 글을 읽어 보고 아니나 다를까 머리털이 쭈뼛 섰다.

친구들 중 네일 아티스트와의 대화를 견딜 수 없어 집에서 혼자 손톱 관리를 하는 친구가 있다. 나도 그렇다. 그래서 손톱을 자주 칠하지도 않지만 칠할 때는 언제나 오른손보다 왼손의 결과물이 더 예쁘다. 몇 년째 나와 남편의 커트를 책임져 주는 동네의 헤어 스타일리스트는 말이 없는 사람이다. 엄청난 집중력을 발휘해 최선의 결과물, 즉 고객이 원한다고 말한 것에 미처 말하지 못한 것까지 더한 스타일을 만들어 내지만 다른 질문은 하지 않는다. 집은 가까운지, 일은 바쁜지 묻지 않는다.

내가 내향적이라는 사실은 나이가 들면서 어느 정도 깨달아 이미 알고 있었다. 물론 젊은 시절에는 내가 내향형 인간일 거라고 생각지 못했다. 어릴 때는 수줍음이 많았지만 그래도 친구를 만드는 데 문제가 없었고 낯선 환경에 데려다 놔도, 가령 태어나서 한국에서만 살다가 갑자기 영어만 사용하는 아이들 사이에 놓였을 때에도, 쉽게 적응했기 때문이다. 그런데 나이가 들수록 사람을 만나고 외부 환경에 노출되는 일이 피곤하다고 느껴졌다. MBTI 체계 속에서 내향형 인간에 대한 설명을 봐도 사회성 없는 사람을 의미하지는 않는다. 외부 세계와 내적 세계 가운데 어느 곳에 관심을 두고 어느 곳에서 활력을 얻느냐의 문제다.

나에 대해 MBTI 유형 지표가 말해 주는 그 밖의 여러

기질도 물론 어렴풋이 알고 있었다. 정보를 받아들일 때에는 주어진 그대로 받아들이지 않고 의미를 더한다. 과거보다는 미래를, 나무보다는 숲을 본다. 여우털이 달린 코트를 보면 평생을 더러운 뜬장에서 살다가 어느 순간 영문도 모른 채 털가죽이 벗겨졌을 여우를, 자연을 우습게 보는 인간에게 필연적으로 닥칠 미래를 상상한다. 결정을 내릴 때는 사실에 기반해서, 즉 소재의 함량이나 소매 길이, 총장 등의 수치를 고려해서 판단한다. 외부 세계와 교류할 때는 계획과 체계가 뚜렷한 방식을 선호한다. 늘 가던 백화점이나 온라인 쇼핑몰에 가고 늘 입던 브랜드만 입는 습관이 여기에 해당한다. 나도 내가 이런 사람이라는 사실을 몰랐던 것은 아니다. 설문 하나로 나에 대해 완전히 새로운 사실을 깨닫게 된 것은 아니라는 말이다.

오히려 MBTI 유형 체계를 접하고 가장 충격적이었던 것은 타인의 발견이다. 나와 다른 열다섯 개 유형의 발견이다. 나와 다른 유형에 대해 읽을 때마다 "아니, 정말 이런 사람이 있다고?" 호들갑을 떨며 되묻고 또 되묻게 된다. 생각을 정리할 때 조용한 데서 하는 게 아니라 생각을 소리 내어 말할 때 더 잘 정리되는 사람이 있다고? 공적인 관계에 있는 타인에게 관심과 염려를 표현하는 행위가 가식이나 위선이 아니라고? 앞으로 벌어질 일들에 대한 가능성을 열어 두는 데서 불안감이 아닌 기분 좋은 흥분을 느끼는 사람이 있다고? 다양한 타인의 세계에 대한 새로운 깨달음, 놀람, 경악, 그럼에도 찌꺼기처럼 가라앉은 채 미처 사라지지 않는 약간의 의구심 때문에 처음에는 생각이 복잡했다. 그래서 글로 읽은 것을 바탕으로 주변 사람들을 관찰하기 시작했다. 분석형 INTJ다운 행동이다. 관찰을 시작한 지 얼마 지나지 않아 확신했다. MBTI 체계를 통해 나와 타인을 보게 된 것은 내게 분명 선물이었다. 남들이 나와 다르다는 당연한 사실의 수용, 그리고 나와 관계를 맺고 있는 다양한 사람에 대한 이해와 관용이라는 선물.

여기서 끝나지 않았다. 나는 타인의 유형이 다양한 만큼 타인이 나를 바라볼 수 있는 다양한 관점이 존재한다는 생각에 이르렀다. 내가 무슨 행동이나 말을 하든 그것이 한 가지 방식으로 받아들여질 수 없다는 결론이 나온다. 타인이 나와 다르다는 사실을 지금껏 몰랐다는 것이 아니다. 하지만 나의 세계와 타인의 세계, 두 개의 세상이 있는 것이 아니라 적어도 열여섯 개의 세상이 있다고 구체적으로 상상할 수 있게 되자 일종의 해방감이 밀려왔다.

사람들이 다 나와 같지 않아도, 그럼에도 세상은 돌아간다. 아니, 사람들이 나와 같지 않기 때문에 바로 그 이유로 세상은 돌아간다. 나를 동굴에서 꺼내 주는 외향형 친구들은 나에게 빛과 소금이다. 논리보다 감정, 일보다 사람을 앞세우는 감정형 친구들이 없었다면 내가 속한 아마추어 연주 단체들은 화살처럼 오가는 날카로운 말들에 의해 진작 파국을 맞았을 것이다. 남편이 융통성이 뛰어난 성향인 덕분에 내가 마음만 먹으면 모든 끼니를 내가 원하는 구성으로 먹을 수 있는 것이다.

이제 막 성인이 되고 사회에 나온 젊은 친구들 사이에서는 MBTI 유형 지표가 유행처럼 퍼져 있다고 한다. 자신과 가까운 사람들의 MBTI를 외우고 새로운 사람을 만나면 상대의 유형부터 물어보는 문화가 젊은이들 사이에 퍼지자 우리 늙은이들은 사람을 열여섯 가지로 나눌 수 없다느니, 사람을 유형에 가두는 것이 유해하다느니 우려부터 앞세운다. 물론 사람을 유형으로 나누는 행위는 타인에 대해 쉽고 빠른 판단을 내릴 수 있게 해 주므로 유혹적이다. 사람을 열여섯 개 유형에 가둘 수 없다는 말도 맞다. 무지개가 일곱 빛깔이 아닌 것처럼 사람도 스펙트럼이다. 그럼에도 노파심에 잔소리나 하고 앉아 있는 늙은이들보다 나와 타인에 대해 깊은 관심과 이해를 가진 젊은이, 그것을 토대로 세상을 배워 가는 젊은이가 많다는 사실은 나를 더욱 희망에 차오르게 만든다. 나는 내가 이 나이가 되어서야 나와 타인에 대해 이 정도 수준의 깨달음을 얻었다는 사실이 부끄럽다. 하지만 우리 시대에는 혈액형에 따른 성격 분류밖에 없었으니 어쩌랴.

문득 그동안 내가 견디지 못했던 수많은 말, 견디지 못했던 수많은 사람이 떠오른다. 갑자기 그런 말과 사람들이 좋아질 수는 없을 것이다. 하지만 요즘 제일 잘 나간다는 옷을 한번쯤 입어나 보는 너그러움도 이제는 발휘해 볼 수 있을 것 같다.

그릇

왜 살며(live)
왜 사는가(buy)?

12월 초 전라도 광주에서 동백꽃을 봤다. 10년 지기 친구들과 들른 어느 한옥 찻집에서였다. 동백꽃을 처음 보는 건 아니지만 서울에서 태어나 수도권에서 오래 살았으며 어린 시절의 상당 부분을 만주와 위도가 비슷한 미국 미시간주에서 보낸 나에게 남도의 포근한 겨울은 언제 경험해도 낯설고 신선하다. 친구들의 모임이라고는 해도 나이가 가장 어린 친구와 가장 많은 친구 사이에는 20년 넘는 차가 있다. 모임에서 어린 축에 드는 내가 친구라고 하면 괘씸하게 여길 친구도 있겠지만 내가 이들과 나누는 시간과 이야기,

이들에게서 받는 인정과 위로는 내가 또래 사이에서 나누고 받는 것들과 다를 바가 없다. 여하튼 요즘 인스타그램에서 가장 뜨는 카페가 아닌, 고즈넉한 한옥 찻집이 여행 일정에 들어간 것도 그런 연령 폭을 고려한 친구의 신선한 선택 같았다.

동백을 보는 순간 그곳이 마음에 들었다. 장작이 타는 난로도 좋았고 뜨끈한 방바닥에 몸을 붙이고 앉아 차를 마실 수 있는 것도 좋았다. 유리 너머 마당에는 순하디 순한 크고 검은 개 한 마리도 있었다. 더할 나위 없다고 생각했는데 친구가 덧붙인다.

"저기 그릇 가게도 있어. 들어가면 뭐든 사게 될걸?"

더할 나위가 있었던 것이다. 여행 도중 산 기념품으로 그 여행을 가장 아름답게 추억하는 버릇이 있는 나를, 한번 마음에 드는 그릇을 보면 좀처럼 그 필요나 주머니 사정, 수납 여력 등은 따지지 않는 나를, 친구는 간파하고 있었나 보다. 하지만 나도 이제 어엿한 중년이고 허투루 돈을 쓰지 않겠다는 다짐을 늘 하고 있기에 가게로 들어갈 때만 해도 흥, 내가 뭘 사나 어디 보시지 하는 심정이었다.

그런데 가게에 들어갔더니 맙소사, 아기자기하면서도

잡스럽지 않고 앙증맞으면서도 반듯한 물건들이 가지런히, 그러나 빼곡히 들어차 있었다. 심지어 그중에는 내가 점찍어 둔 한 도자기 공방의 제품도 있었다! 인터넷에서 보자마자 마음에 꼭 들었던 공방이지만 그래도 어엿한 중년인데 그릇 정도는 실물을 보고 사야지 에헴 하는 마음으로 꾹 참고 구매를 미루어 두었던 제품들이었다. 그 공방은 경기도 이천에 있다고 알고 있었는데 전라도 광주에서 실물을 접하게 되었으니 이것이 운명이 아니라면, 계시가 아니라면 과연 무엇이?

당장 종지 두 개를 골랐다. 값도 전혀 과하지 않고 크기도 작으니 어엿한 중년의 자아도 금방 결제 승인을 했다. 한손에 폭 들어가는 종지에는 꽃이 핀 동백 가지가, 그보다 조금 더 큰 종지에는 모란이 그려져 있다. 그 옆으로 늘어선 온갖 찻잔과 어여쁜 찻잔 받침들이 유혹했지만 꾹 참고 종지 두 개 값을 치르는데 나와 동갑내기 친구가 가게로 들어왔다. 내가 경고했다.

"조심해, 여기 정말 위험해."

친구는 언제나처럼 해사한 얼굴로 나의 싱거운 말에 웃어 준다. 내가 이런 걸 그렇게 좋아하는지 몰랐다고 한다.

나는 그릇이든 뭐든 물건을 사는 걸 엄청 좋아한다고, 그래서 거기에 대해 책 한 권은 족히 쓸 지경이라고, 아마 이런 게 사는 낙인가 보다 대꾸한다. 불현듯 '사는 이유'라는 제목으로 글을 한 꼭지 써야겠다고 결심했다.

왜 사는가? 왜 살며live 왜 사는가buy? 기본형은 다르지만 어미에 따라 똑같은 형태가 되는 두 동사의 상호 연관성이 의미심장하게 다가온 것은 그만큼 내가 그 둘의 관계에 민감하기 때문일 것이다. 나만 그럴까? 하루는 모임 친구들과 어떤 물건을 놓고 사야 하느냐 말아야 하느냐 대화를 나누고 있었다. 한 친구가 "죽을 때 돈 가지고 가?"라는 말로 도발을 감행했다. 모임의 막내가 받아쳤다.

"죽기 전에 다 쓰고 더 살까 봐 그렇지."

그러더니 친구는 문득 "더 산다"는 말이 살다live와 사다buy 모두에 해당된다고 말했다. 얼마 전의 나와 똑같은 발견을 한 것이다. 그 친구에게도 살아가는 일과 사는 일의 밀접한 관계가 새삼 생생하게 다가온 것일까. 우리는 이처럼 뭘 사기 전에 자주 고민한다. 언제 죽을지 모르기 때문에 딜레마에 놓이는 것이다. 선택지는 두 가지. ①당장 죽을지도 모르고 죽으면 돈을 가져갈 수 없으니 돈을 쓴다. ②언제까지 살아야 할지 모르니 돈을 쓰지 않고 아낀다. 하지만 일관된 입장에서 모든 결정을 내려야 하는 것은 아니다. 둘 사이에서 줄타기하면서 미래에 대한 준비도 하고 현재도 즐기곤 한다. 뿐만 아니라 선택지는 두 가지에서 그치지 않는다. ③오래 살지 모르는데 돈을 써야 하는 경우도 있다. 삶에 필수적인 물건들, 가령 집 같은 것을 살 때는 거기 오래오래 살지도 모르기 때문에 더 많은 돈을 투자해야 할 수도 있다. 사회적으로 약자인 사람은 더 많은 것을 사들여 더 철저히 준비해야 할 수도 있다. 무소유는 약자들에게 가능한 선택지가 아닐지 모른다. 그래서 나는 때로 사기도 하고 사지 않기도 한다. 때로는 그 균형을 유지하는 데 지나치게 많은 정신력을 소비하고 있다는 생각이 들기도 한다. 한편 이런 균형의 유지는 두 가지를 전제로 하고 있다.

첫째, 삶을 전제로 한다. 그리고 둘째, 소비하는 행위가 즐겁다는 것을 전제로 한다.

암 환자로 살던 시절에는 잠자리에 누운 채 이대로 잠들어 영영 깨어나고 싶지 않다는 생각을 한 적이 종종 있었다. 잠든 상태에서 세상을 떠나면 고된 치료와 수술을 받을 걱정도, 재발 걱정도 하지 않아도 될 뿐 아니라 내가 죽는

구나 하는 자각과 거기서 오는 공포도 없을 테니 과연 자다가 죽는 것을 복으로 여김이 당연하다고 생각했다. 우리는 매일 잠들고, 잠든 상태에서의 인식은 죽은 상태와 다름이 없다. 그러니 죽음이야말로 내가 모르는 사이에 찾아온다면 가장 쉬운 것이고, 삶이야말로 힘들며 용기를 필요로 하는 것이다. 그렇다면 왜 죽지 않고 살아야 하는 걸까?

당연한 말이지만 차마 죽을 수는 없다. 제일 먼저, 슬퍼할 엄마 얼굴이 어른거린다. 게다가 반년 전까지만 해도 내게는 하루 두 번 약을 먹이며 지켜 주어야 하는 고양이가 있었다. 남편은 나 없이도 잘 살아갈 테지만 그래도 혼자 두려니 좀 미안하다. 무엇보다 어느 날 밤 나도 모르게 잠든 상태에서 죽으려면 남의 도움을 받거나 엄청난 행운이 찾아와야 하는 것이다. 그렇다면 다만 죽지 못해서 살아가는 것일까? 그렇지 않다. 나는 매일매일 살겠다는 결심을 실행에 옮긴다.

몇 해 전, 지하철과 버스를 갈아타고 광화문에 있는 직장에 다닐 때였다. 버스에서 내린 나는 나도 모르게 몸을 돌려 반대쪽으로 걸었다. 회사에 가기 싫다는 흔한 마음이었을 수도 있고 요즘 말하는 '번아웃 증후군'이 찾아온 것일 수도 있다. 내가 결국 회사로 향할 것을 나도 알았다. 하지만 몇 걸음 반대 방향으로 걷는 소심한 반항을 한 것이다. 얼마 안 가 마음을 고쳐먹고 회사로 향했다. 회사에 가야 돈을 벌고 돈을 벌어야 먹고사니까, 나는 그때 살겠다는 결정을 내린 것이다.

매일 일을 하고 밥을 먹고 아프면 약을 먹을 때, 대유행병의 시대에 나뿐 아니라 타인을 위해 외출을 삼갈 때 나는 매일 살겠다는 결정을 하고 있다. 죽지 못해 살다 보니 어영부영 여기 도달한 것이 아니다. 실은 나에게 삶의 의지가 적잖이 있는 것 아닐까? 어차피 죽지 못할 것이라면 삶이라는 나의 선택을 인정하고 인식하며 사는 것이 더 당당하고 주체적이지 않을까? 나만 그런 것이 아니다. 본능이든 의지든 우연이든 필연이든 많은 인간이 악착같이 살아간다. 소설가 토니 모리슨은 1988년 세라로런스대학교 졸업식 연설에서 이렇게 말했다.

"이쯤 되면 여러분은 이런 생각이 들겠지요. 어쩌라는 거죠? 제가 원해서 여기 온 게 아니에요. 태어나게 해 달라고 부탁한 적 없어요. 부탁한 적 없나요? 저는 부탁했다고 말하겠습니다. 여러분은 태어나게 해 달라고 부탁했을 뿐만 아니라 살겠다고 고집했습니다. 그래서 여기 있는 것입니다. 다른 이유가 없어요. 여기 있지 않는 방법은 아주 쉬웠어요. 이제 여기까지 왔으니 스스로 자랑스러울 만한 무언가를 해야 하지 않을까요?"

나는 살기로 선택한다. 삶을 고집하기로 한다.

그리고 소비하는 행위를 즐거운 행위로 만들기로 한다. 살아가는 데 물건이 필요하고 자본주의 사회를 사는 이상 그 물건을 구매해야 한다면, 그리고 그러기 위해 돈을 벌어야 한다면 삶이 즐겁기 위해서는 소비하는 행위가 즐거워야 한다. 그래서 나는 즐겁지 않은 소비는 하지 않기로 한다. 삶과 긴밀하게 연관되지 않은 소비라면 하지 않으려고 한다. 타인을 살리고 동물을 살리는 소비라면 기쁘게 하고, 타인을 죽이고 동물을 죽이고 지구를 죽이는 소비는 더욱 경계하고 삼가려고 한다. 내가 살고 싶다면 다른 사람도, 다른 동물도 살고 싶을 테고 살 권리가 있을 테니까.

나는 살아야 하니까 사고, 사는 맛에 살기로 한다.

광주의 한옥 찻집에서 산, 모란이 그려진 종지를 함께 여행 중이던 친구에게 보여 줬다. 화장대에 이런 작은 접시를 놓고 반지 같은 액세서리를 넣어 두면 아주 좋다고 말했더니 관심을 보였다. 그래서 내가 선뜻 선물로 주고 싶다고 했더니 고맙게도 받아 주었다. 그리고 며칠 후 예쁜 반지가 담긴 모란 종지 사진을 보내 주었다. 내가 즐겁게 해 줄 수 있는 친구, 나를 즐겁게 하는 친구. 이 또한 내가 사는 이유다.

가방

짭 구매가 세상에 끼친
구체적인 피해

이것은 내가 어느 다큐멘터리, 지금은 이름도 기억나지 않는 영화의 자막을 번역하면서 알게 된 사실인데 인도에는 저 유명한 프랑스의 건축가 르코르뷔지에가 설계한 도시가 있다. 인도의 북부 펀자브주에 자리한 이 도시의 이름은 찬디가르다.

나는 인도에 간 적도 없고 인도에 관심을 가져 본 적도 없어서 내가 가진 인도에 대한 지식과 이미지는 그때도 지금도 아주 편협하다. 그래서 영화 속 찬디가르의 모습을 보았을 때 내가 가지고 있던 인도의 이미지와 동떨어진 그 도시의 광활한 규모, 현대적이고 세련된 콘크리트 건물 등에 적잖이 놀랐고 깊은 인상을 받았다.

아마 이런 이유에서 피에르 잔느레의 '찬디가르 체어'에 대해 들었을 때 곧바로 호기심이 발동했을 것이다. 찬디가르 체어는 몇 년 전, 어느 연예인의 집에 놓여 있는 모습이 TV에 방영되면서 화제를 끈 적이 있다. 화제를 끈 이유는 말할 것도 없이 워낙 고가였기 때문이다. 호기심이 발동했다는 것은 인터넷에서 이 의자와 관련된 글과 사진들을 이리저리 찾아보았다는 뜻이고 이어서 물욕이 발동했다는 뜻이다. 옛날에 아버지도 "너는 아는 것이 많아 먹고 싶은 것도 많겠다"는 소리를 들으셨다는데 정말 아는 게 병이다.

찬디가르 체어라는 이름이 붙은 이유는 앞서 말한 찬디가르의 공무원들을 위해 설계되었고 실제 사용되었기 때문이다. 굵직한 목재로 이루어진 의자는 꽤나 엄격한 표정을 하고 있다. 반면 등과 엉덩이를 붙이는 부분에는 등나무가 그물처럼 얽혀 있다. 덕분에 의자는 그것이 놓인 공간에 상쾌하고 이국적인 느낌을 준다. 등나무 등받이는 아마 인도의 무더운 여름을 나는 데 아주 적합했을 것이다. 게다가 목재는 티크였다. 내가 이미 갖고 있는 티크 식탁과 함께 놓으면 마치 한 세트처럼 잘 어울릴 것 같았다. 하지만 이런 나의 물욕은 아주 금세, 아주 처참히 사그라들었는데 기백만 원 한다고 해도 살 수 없을 마당에 기천만 원을 주어도 구하기 힘든 의자라는 사실을 알게 되었기 때문이다.

찬디가르 사람들이 좀 더 현대적이고 편리한 의자를 찾아 이 의자를 내다 버렸을 때 추후 이 의자의 가격이 개당 수천만 원으로 오를 것이라고 생각지 못했을 것이다. 하지만 시장의 논리란 그런 것이며 공급은 수요를 따라가지 못했다.

다른 유명 디자이너의 의자들, 가령 레이와 찰스 임스의 라운지체어는 생산과 유통 권리를 가진 업체들에 의해 여전히 시장에 공급되고 있다. 그러나 찬디가르 체어는 그렇지 않다. 다시 말해 모든 오리지널 찬디가르 체어는 한정판이자 빈티지, 그러니까 골동품이며 새로이 생산된 모든 찬디가르 체어는 복제품이자 모조품, 옛날 말로 '짝퉁', 요즘 말로 '짭'인 셈이다.

바로 이런 이유에서 몇 년 전의 나는 찬디가르 체어에 한해 '짭'을 사는 것이 허용된다고 스스로를 설득해 버렸다. 나는 원래 가방이든 가구든 모조품을 사지 않으려고 무척 애를 쓴다. 디자이너 가구 시장에는 수많은 복제품이 존재한다. 가구 디자인의 저작권 보호에 관한 법이 나라마다 다르기도 하고 저작권 침해를 입증하기도 쉽지 않기 때문일 것이다. 그렇기 때문에 소비자가 더욱 양심 있고 현명한 선택으로 그 창작자의 노력을 보호해 주어야 한다고 생각한다. 만약 임스 부부의 라운지체어를 산다면, 똑같은 의자를 10분의 1 가격에 살 수 있다고 해도 꼭 그 권리를 가진 업체가 만든 정품을 사야 한다고 생각한다. 바로 그래서 우리 집에 임스 라운지체어가 없는 것이다!

하지만 찬디가르 체어의 경우 현재 정식 생산 및 유통 권리를 가진 업체가 없기 때문에 내가 이 복제품을 사도 잔느레 가문의 지적 재산권 행사에 실질적인 피해가 없다고 생각했다(잔느레는 르코르뷔지에의 사촌 형제다. 현대 건축과 디자인의 거장을 줄줄이 배출한 잔느레 가문의 형편까지 내가 걱정해 주게 생겼냐 하는 마음이 없지 않았음을 고백한다).

정품이라고 모두 터무니없이 비싼 것은 아니다. 19세기 그림에서도 종종 등장하는 '토넷 체어'가 그런 경우다. 나무를 구부려 만든 등받이가 특징인 이 토넷 체어의 복제품도 넘쳐 난다. 하지만 정품은 복제품의 서너 배 정도 되는 가격에 살 수 있다. 나는 이 의자를 처음 만든 미하엘 토넷이 세운 회사 'TON'에서 정품 의자를 샀지만 통장 측의 거친 항의는 없었다. 그리고 이 토넷 체어를 팔던 수입 가구 회사에서 토넷 체어와 비슷한 가격에 찬디가르 체어의 복제품도 샀다.

이 찬디가르 '짭'의 재료는 티크가 아니라 아카시아 나무였다. 그래도 집에 있던 티크 식탁과 마치 한 세트처럼 잘 어울렸다. 식탁과 어울리지는 않았지만 10년 넘도록 충실하게 봉사한 이케아의 미송 의자는 마침내 은퇴할 수 있었다. 내가 산 찬디가르 체어의 복제품은 원형과 아주 똑같지는 않다. 하지만 의자를 이루는 여러 요소들 간의 비례, 각도 등이 유사하기 때문에 바라볼 때마다, 그리고 집 안 풍경을 사진으로 담을 때마다 충분한 미적 즐거움을 준다.

그럼에도 이 의자가 복제품이라는 사실, 내가 복제품을 소유하고 있다는 사실은 계속 꺼림칙하게 남아 있었다. 그래서 아마도 내가 기르던 고양이가 이 의자의 등나무 등받이를 스크래처로, 즉 발톱을 가는 용도로 쓰기 시작했을 때 나는 그걸 그냥 지켜보고만 있었던 것인지 모른다.

최근에야 나는 복제품의 구매가 세상에 끼친 구체적인 '피해'가 무엇인지 깨닫게 되었다. 그 이야기를 하려면 먼저 내가 좋아하는 가죽 가방 브랜드인 '코운레더' 이야기를 꺼내지 않을 수 없다. 마포에 있는 한 공방에서 제품을 일일이 손으로 만드는 코운의 가방에 대한 입소문을 듣고는 반년도 안 되는 기간 동안 가방 두 개, 지갑 한 개를 샀다. 나도 30대에는 남들처럼 월급을 모아 이른바 명품 가방을 사 봤다. 그렇지만 돈을 더 잘 벌게 된 뒤에는 오히려 저렴한 패션 브랜드의 가방을 쓰게 됐는데 명품 브랜드의 디자인이 내 스타일과 잘 맞지 않는다고 느끼기도 했고 무엇보다 명품 백의 가격이 거기 들어간 인간적 노력의 값어치보다 훨씬 비싸다고 생각했기 때문이다. 당연하다. 명품 백에 대한 수요는 가격이 비쌀수록 올라간다. 명품 백의 용도는 가장 기본적으로 부의 과시라고 나는 생각한다. 그런 의미에서 명품 백은 비쌀수록 실용적이다.

한편 저렴한 패션 가방의 품질은 썩 좋지 않았고 나는 공산품에 너무 많은 걸 바라지 말자는 생각으로 이런저런 가방을 그럭저럭 들고 다녔다. 그러던 중 접하게 된 코운의 가방은 수수한 디자인이 내가 추구하는 스타일과 부합했고 만듦새가 좋았다. 크기도 매우 실용적이었다. 30대 중반 이후에는 너무 크고 무거운 가방도 기피하게 되었고 지갑과 휴대폰만 겨우 들어가는 앙증맞은 가방도 쓰지 않게 됐다. 길 가다가 김밥 한 줄이나 붕어빵 한 봉지 정도 사서 넣을 수 있는 가방, 석 달 치 처방약 정도는 담을 수 있는 가방이 필요한 나에게 딱 알맞은 크기였다. 무엇보다 명품 백을 어렴풋이 연상시키는 수상하고 애매한 디자인이 아니었다. 가죽의 두께, 색깔, 내피의 촉감, 어깨끈의 길이와 넓이 등에는 여러 고민이 담겨 있었다. 가방을 만들 가죽을 고를 때도 가죽의 생산과 처리 공정에서 어떤 원칙이 지켜지는지 고심한 흔적이 뚜렷했다. 가방은 그걸 만든 사람, 그리고 그걸 선택한 내가 세상을 보는 관점을 여실히 드러내고 있었다.

극히 실용적이면서도 나의 내면을 드러내 줄 아름다운 물건을, 동시대 창작자의 노력과 고민의 산물들 중에서 찾는 일. 내가 과거의 디자인을 복제하고 대량 생산한 의자를 구매하면서 등한시했던 일이다. 만약 내가 짭 찬디가르 체어를 사지 않고, 우리나라에는 어떤 가구 디자이너와 생산자가 있는지, 요즘 그 흔하디흔한 인스타그램 게시물 사이에서 조금만 신경 써서 찾아보았다면 나는 세상에, 그리고 나와 비슷한 생각을 가진 사람들의 창작 활동과 생계에 보다 긍정적인 힘을 보탤 수 있었을 것이다.

무에서 유를 만들어 내는 사람들, 창작에 진심인 사람들은 하늘 아래 새로운 것이 없다는 것을 알면서도 그럼에도 독창적인 어떤 것을 만들어 내려고 고민한다. 내가 만들고 있는 것이 이미 존재하지 않는다는 사실을 확인하기 위해 남이 만들어 낸 것들을 치열하게 연구하는 사람들이다. 그러면서 남의 창작물에서 받은 영향이, 자기도 의식하지 못하는 사이 자신의 작품에 드러날까 늘 경계하는 사람들이다. 피에르 잔느레도 그런 고민을 했을 것이고 그 고민에서 찬디가르 체어가 탄생했을 것이다. 내가 복제품을 사지 않고 동시대 창작자, 생산자의 작품을 샀다면 세상의 새로운 찬디가르 체어를 탄생시키는 데 일조할 수 있었을지 모른다.

나 또한 백지에 글을 써 내려가는 사람으로서 이 나이가 되어서야 비로소 세상의 창작자들에게 보탬이 되는 방법에 대해 생각하게 되었다는 점은 무척 아쉽다. 그렇다고 이제 와서 당장 의자를 내다 버릴 수도 없는 노릇이다. 고양이 발톱 자국이 선명한 의자는 교훈으로 남아 앞으로도 나의 말과 행동이 일치하는지, 집 한구석에서 냉정한 눈으로 나를 지켜볼 것 같다.

블렌더

잔소리하고 싶은 욕구를
참을 수 없다면?

친구들과 와인을 한잔하려고 안주를 준비하는 중이었다. 냉장고에 올리브가 있었는데 마침 씨가 있는 올리브였다. 씨 있는 올리브는 씨를 뺀 뒤 유통되는 올리브보다 훨씬 맛있지만 역시 먹기가 불편하다. 그렇다면 손님들이 먹기 편하도록 일일이 씨를 빼서 레몬즙과 올리브유, 마늘에 절여 놓기로 했다. 식칼의 옆면으로 올리브를 누르니 올리브가 뭉개지면서 씨가 잘 빠졌다. 그런데 뭉개진 올리브는 영 구미가 당기지 않는 생김새였다. 안 되겠다. 몽땅 다져서 크래커에 올려 먹을 수 있게 만들어야겠다. 뭐더라, 그게….

그래, 타프나드tapenade. 내가 아주 좋아하는 언니가 프랑스 여행을 다녀왔다며 선물로 검은 올리브로 만든 타프나드를 준 적이 있었다. 빵이나 크래커에 발라 먹으니 눈이 스르륵 감기는 맛이었다. 간단히 인터넷에 검색해 보니 타프나드에는 안초비anchovy, 그러니까 멸치 절임 같은 것이 꼭 들어가는 것 같았다. 안초비는 없었지만 그게 들어가지 않아도 아주 족보 없는 음식은 아니겠다 싶어 올리브와 마늘을 다지기 시작했다.

공을 들여 다진다고 다졌는데 아무래도 입자가 곱지 않아 따로 놓았다. 결국 찬장에서 작은 블렌더를 꺼냈다. 다진 올리브와 마늘, 레몬즙, 올리브유, 소금을 넣고 왕 하고 갈아 주었다. 잘 어우러진 재료는 크래커에 발라 먹기 딱 좋았다. 올리브와 레몬의 신맛이 기름기 충만한 살라미 카차토레cacciatore, 쿰쿰하고 느끼한 치즈와도 궁합이 잘 맞았다. (하지만 이 글은 엉터리 타프나드 레시피를 전달하려고 쓴 것은 아니다.)

왜 진즉 소형 블렌더를 꺼내지 않았나 싶었다. 뚝배기 크기만 한 이 블렌더는 마른 재료를 다지거나 갈기 위해 샀다. 이 소형 블렌더를 살 때 집에는 이미 신혼 때 장만한 믹서가 있었다. 그 당시에는 딸기나 바나나 같은 것을 우유와 갈아 먹는 용도로 쓰는 커다란 믹서가 필수 가전인 줄만 알았다. 하지만 이 믹서는 액체가 적거나 없을 때 영 맥을 못 춘다. 믹서로 다진 마늘이나 깨소금을 만들 수는 없다. 액체가 포함된 재료라고 해도 그걸 가는 데에는 믹서보다는 손 블렌더, 일명 도깨비 방망이가 훨씬 편할 때가 많다. 믹서 통을 설거지하는 수고를 덜기 때문이다. 게다가 믹서는 덩치도 커서 수납하기 골치 아프다.

나만의 부엌살림을 장만한 지 18년 만이었던 작년, 몇 번 돌려 보지도 않았고 부엌에서 자리만 차지하고 있던 대형 믹서를 마침내 버릴 수 있었다. 마른 재료를 다지기 위한 소형 블렌더, 그리고 서랍에 쏙 들어가는 손 블렌더만 있어도 사는 데 아무런 불편함이 없다는 사실을 서너 해에 걸쳐 검증한 뒤에야 믹서를 내다 버렸다. (하지만 이 글은 블렌더에 대한 것도 아니다.)

올리브를 어설프게 다지는 수고를 하고 나서야 소형 블렌더가 있다는 사실을 생각해 내고, 쓰지도 않는 대형 믹서를 버리는 데 18년이 걸렸다. 내가 이렇게 느린 사람이었던가? 아니다. 하지만 스스로 깨닫는 데에는 시간이 걸리는 법이다. 나는 달리기만 빼고 느린 사람은 아닌데 고집은 세다. 그래서 남의 말을 잘 듣지 않는다. 제목이 명령형인 책은 절대 사지 않는다. 뭐 하지 마라! 뭐 해라! 잊어라! 잊지 말아라! 이런 제목이 달려 있으면 딱 읽기가 싫어진다. 뭔데 이래라저래라야 하는 생각과 함께 반발심이 생긴다. 내가 내 방식으로 정보를 수집하고 경험해 보아야 비로소 납득하는 경우가 대부분이기 때문에 시간이 걸린다.

그런데 보통의 가정에는 커다란 믹서기가 필요 없다는 사실을 무려 18년이나 걸려 깨닫고 나면, 마침내 그 물건을 주방에서 퇴출시키면서 느끼는 희열과 함께 이 깨달음을 모두와 나누고 싶다는 욕망이 생겨 버리는 것이다. 바로 이래서 중년이 되면 청하지도 않은 조언을 남발하는 꼰대가 되는 것인가? (그렇다, 이 글은 바로 달갑지 않은 조언에 대한 것이다.)

얼마 전에 〈유 퀴즈 온 더 블럭〉이라는 TV 프로그램을 보는데 진행자가 인터뷰이에게 이렇게 물었다.

"조언과 잔소리의 차이는?"

나라면 이렇게 대답했을 것이다. 조언은 구하는 것이고 잔소리는 듣는 것. 조언을 구하는 사람은 있지만 잔소리를 구하는 사람은 없다. 잔소리는 누구도 요청하지 않은 조언이다.

"관심과 오지랖의 차이는?"

관심은 베푸는 것이고 오지랖은 넓은 것이다. 베푸는 것은 그것을 받을 상대가 있음을 의미하지만 오지랖은 오로지 그 오지랖의 소유자에게 초점이 맞추어져 있다. 잔소리에도, 오지랖에도 상대에 대한 배려는 없다.

나는 이렇게 잔소리와 오지랖을 질색한다. 하지만 세월이 흘러 다양한 인생의 깨달음을 얻게 된 꼰대는 중년의 초입에서 문득 이런 생각이 든다. 약간의 잔소리는 듣는 사람에게도 약이 되는 것이 아닐까?

아니다. 나는 눈을 감은 채 고개를 가로저으며 누누이 자신에게 말한다. 약이 되지 않는다. 물론 사는 데 유용한 여러 지혜를 스스로 터득하려면 오랜 시간이 걸린다. 그건 확실하다. 그렇지만 이런 사실이 남에게 조언을 해도 된다는 결론으로 이어지면 곤란하다.

남에 대한 조언은 대부분 남이 나와 유사한 상황에 있다는 사실을 전제로 한다. 뿐만 아니라 남이 나와 비슷한 사람이라는 생각, 그러니까 사람들은 다 거기서 거기라는 생각을 바탕에 깔고 있다. 그러나 상대가 나와 유사한 상황에 있고 언제나 나와 비슷한 방식으로 생각한다는 믿음은 착각일 수 있다. 상대는 나처럼 아담한 일자 부엌이 아닌, 널찍한 디귿자 부엌을 가지고 있을 수도 있다. 그래서 수납 공간이 아주 많을 수 있다. 그런 사람에게 조리 도구의 크기는 중요하지 않을 수 있다. 나는 캔 토마토로 수프를 끓여 핸드 블렌더로 갈고 가끔 바질을 길러 페스토를 만들어 먹는 것이 전부지만, 상대는 부엌살림에 투자할 돈이 나보다 아주 많아서 핸드 블렌더는 물론 업소용 믹서를 들여놓고 매일 아침 얼음으로 각종 스무디를 해 먹는 것을 낙으로 삼는 사람일 수 있다. 상대는 나와 다른 배경에서 왔고 나와 다른 곳에서 즐거움을 느끼고 내가 모르는 싸움터에서 고투를 치르고 있을 것이다. 그래서 나에겐 나의 깨달음이, 상대에게는 상대의 깨달음이 있다.

스스로 모든 걸 깨닫는 데는 너무 많은 시간이 걸린다는 사실은 적절한 조언을 구할 줄 알아야 한다는 결론으로 이어지는 것이 바람직하다. 모든 것을 전부 스스로 깨달아야 할 필요는 없다는 사실, 때로는 누구나 도움이 필요하다는 사실을 인정하고 필요한 시기에 적절한 사람에게 조언을 구하는 영리한 중년이 되고 싶다.

이런 바람과 달리, 엉터리 타프나드를 만든 날 저녁, 친구들과 와인을 마시는 자리에서 나는 아무도 묻지 않았는데 어느새 블렌더 얘기를 꺼내고 있었다. 그래도 나보다 살림 경험이 적은 친구들을 앉혀 놓고 너희들 큰 믹서 같은 거 사지 마라, 작은 블렌더로 웬만하면 다 된다 하고 잔소리하지는 않았다. 살아 보니 큰 믹서는 정말 필요 없더라 정도로 이야기를 끝냈다. 그것만으로도 조언을 하고픈 욕구는 어느 정도 채워졌다.

만약 아무리 애를 써도 이래라저래라 잔소리하고 싶은 욕구를 도저히 참을 수 없다면? 블로그나 책을 써 보길 권한다. 전문가의 자격 있는 잔소리는 인류 지성의 자양분이 된다. 음식 평론가 이용재는 《조리 도구의 세계》에서 블렌더(믹서)와 손 블렌더, 푸드 프로세서의 용도와 장점, 단점을 철저하고 세심하게 나열하면서 블렌더의 부피가 "공간이 여유롭지 않은 대다수의 사람들에게" 부담스러울 수 있다는 점을 말하기도 했고, 푸드 프로세서의 경우 "부엌 공간을 충분히 확보하고 있고 호기심을 참을 수 없다면 미련함을 직접 경험하기 위해서" 권한다고도 말했다. 그래도 큰 블렌더를 사서 써 보고자 하는 사람에게 "나는 왜 비싸고 강력한 블렌더를 사고 싶은가?" 자문해 보라며 맞춤식 처방을 내려 줬다. 내가 원하는 정보를 얻으려고 구매한 책은 내가 구한 것이므로 잔소리가 아닌 조언이 된다. 책방에 빼곡한 온갖 지혜와 조언은 두드리는 사람에게만 열리는 문이다.

자 그렇다면 이 글은, 타프나드에 대한 글도 아니고 블렌더에 대한 글도 아닌 이 글은 달갑지 않은 조언에 대한 글을 가장한 잔소리일까, 아닐까?

만년필

특권은 가진 자의 눈에는
보이지 않는다

남산에 밀레니엄 힐튼이라는 호텔이 있는데 이 호텔이 2022년을 끝으로 문을 닫는다고 한다. 사업 부진과 수익성 악화로 매각 결정이 났다는 것이다. 힐튼이 문을 닫는다는 사실에 대한 아쉬움을 표하는 글이 사회 관계망에 올라온다. 문을 닫기 전에 다녀왔다는 글들과 고색창연한 내부 모습을 담은 사진들이 심심찮게 눈에 띈다. 나는 힐튼에 가본 적이 없어서 그 고풍스럽고도 호화로운 모습에 한 번 놀란다. 모더니즘 건축의 거장 미스 반 더 로에의 제자 김종성이 설계한 곳이라고 한다. 근사한 곳이었구나. 그리고 호텔에 담긴 추억을 회상하는 사람들이 많은 데 두 번 놀란다. 나만 빼고 다들 가 봤네. 어쨌거나 매각이 된다면 철거하고 새로 지을 수도 있다고 하니 그전에 나도 한번 가 보고 싶다는 데 생각이 미친다. 그러다가 이런 취지의 글을 본다.

"어릴 때 할아버지 손을 잡고 오던 힐튼인데 사라지는 것이 정말 아쉽다."

어릴 때 할아버지 손을 잡고 오던…. 멀쩡하던 나는 갑자기 속이 뒤틀린다. 사정없이 배알이 꼴리는 매우 불편한 감정에 사로잡힌다. 어릴 때라는 말 때문일까? 할아버지라는 말 때문일까? 과거에 반복되었음을 의미하는 문장의 시제 때문일까?

트위터나 인스타그램 같은 사회 관계망 서비스를 사용하다 보면 이런 일이 드물지는 않다. 종종 남의 글과 사진을 보고 부러움을 넘어 불편함을 느끼곤 하는 일 말이다. 전에는 그런 감정이 들면 그냥 기분 잡쳤네 하고 말았는데 이번에는 도대체 왜 그런 감정이 드는지 곰곰이 돌이켜 보기로 했다.

내가 우리 할아버지를 떠올리며 상상할 수 있는 숙박업

소는 경주의 한진여관이다. 외할아버지는 경주의 외국인 여행객을 대상으로 이 여관을 운영했다. 투숙객에게 방 열쇠를 내어 주는 작은 미닫이 창문 너머의 방이 우리 외갓집이었다. 내가 처음 가 본 호텔은 아마 과천의 비즈니스호텔인 호프 호텔일 것이다. 아버지 고향 선배의 초청으로 처음 호텔 뷔페에 가 봤다. 휘황찬란한 샹들리에가 있고 푹신푹신한 카펫이 깔린 곳에서 무엇이든 자유로이 배 터지게 먹을 수 있다니 희한했다. 세 가지 맛 아이스크림과 높다랗게 쌓인 콘도 얼마든지 가져다 먹을 수 있었다. 하지만 어린 눈에 호화롭기 그지없었던 호프 호텔의 1, 2층에는 최근까지 복사 가게와 서점, 칡냉면집 등이 있었다. 내 어린 기억 속의 호텔은 이 정도 급이었다는 말이다. 누가 지었는지는 몰라도 미스 반 더 로에의 제자는 아니었을 것이다. 이 호텔도 몇 달 전 철거되었는데 나는 조금도 아쉽거나 서운하지 않았다.

그래서 나는 내 불편한 감정이 할아버지와 힐튼 호텔을 다니던 사람이 누렸던 계급적 특권의 부당함에 치밀어 오른 울분 같은 것은 아닐까 싶었다. 40대의 나는 좀 무리해서 지출하면 밀레니엄 힐튼에서 추억을 쌓을 수 있겠지만 그런 곳에 가 본 어린 시절을 가질 수는 없을 것이다. 그런 곳에 손녀를 데리고 가는 할아버지를 가질 수는 없을 것이다. 그런 곳에서, 그런 할아버지와 함께 시간을 보내면서 형성되는 경험, 미감, 취향, 추억을 이제 와 가질 수는 없다.

하지만 나는 나와 다른 계급적 특권을 누리는 모든 사람에 대해 불편한 마음을 갖지는 않는다. 만약 누군가 할아버지가 사 준 페라리를 타고 아버지가 파트너로 있는 로펌에 첫 출근했다는 글을 썼어도 그다지 불편하지 않았을 것이다. 나의 욕망과 교차하는 지점이 없기 때문이다. 마찬가지로 할아버지의 손을 잡고 힐튼 호텔에 가 본 적이 없는 사람이라고 해서 다 그 글을 보고 속이 뒤틀리지는 않았을 것이라고 생각한다.

게다가 내 꺼림칙한 감정을 계급 사회에 대한 고귀한 울분으로 포장하기에 나는 가진 것이 너무 많다. 결국 나는 내 감정이 사회적 불의에 대한 저항 정신 같은 대단한 감정이 아니라고 결론지었다. 사소한 시샘이었다. "잘났어, 정말" 같은 빈정거림으로 끝낼 수밖에 없는 감정이었다. 그 사람이 부유한 어린 시절을 보낸 것이 무슨 죄도 아니지만 힐튼 호텔을 들락거렸다고 꼭 부유한 어린 시절을 보냈을 것이라고 단정 지을 수도 없다. 게다가 사회 관계망은 그런 자기 이야기를, 자기 자랑을, 자기 전시를 하라고 있는 곳이다.

나도 언젠가 SNS에 내가 가진 만년필을 모아 사진을 올린 적이 있는데 누군가는 그 사진만으로 나의 형편을 넘겨짚고는 속이 뒤틀렸을 수도 있다.

그중 두 자루는 알프스의 만년설을 형상화한 흰 별 모양이 캡 상단을 장식하고 있는 프랑스제 몽블랑 만년필이다. 배럴은 둘 다 검은색이지만 한 자루는 클립을 비롯한 금속이 금색이고 다른 한 자루는 플래티넘이다. 아마 지금 새것으로 사려면 두 자루에 100만 원은 족히 넘을 것이다. 아버지의 유품이다. 이렇게 말하면 무슨 굉장한 사연이 있는 것 같지만 아버지 역시 선물로 받았고 선물받은 시점은 아버지가 만년필에서 워드 프로세서로 넘어간 지 30년도 더 된 때였다. 그래서 이 유품은 아버지의 취향이나 재력을 상징하지도 않고 아버지의 손때도 묻어 있지 않다. 하지만 이런 건 대수롭지 않다는 말조차 누군가의 배를 아프게 할 수도 있을 것이다. 만년필을 선물로 받곤 하는, 글을 쓰는 아버지가 있는 가정환경에 대한 욕망이 있는 사람이라면 내가 부럽고 괜히 미워질 수도 있을 것이다. 하지만 만년필을 써 본 적도 없고 만년필을 유품으로 남기는 아버지를 상상조차 해 본 적 없는 사람이라면 별로 부럽지도, 불편하지도 않을 것이다.

할아버지 손을 잡고 힐튼에 갔다는 글에 대한 껄끄러운 마음이, 이미 많은 것을 가진 나의 더 가지고 싶다는 욕망에서 나온 시샘이었다는 사실을 깨닫고 나니 평정심을 찾을 수 있었다. 다만 이토록 사소한 시샘의 감정조차 명확하게 이해하려면 한참을 성찰해야 한다는 사실에 다소 어깨가 처진다. 나는 종종 반사적으로 '불끈' 튀어나오는 이 불편한 감정 때문에 어찌할 줄을 모른다.

그것은 아마 특권이 그 특권을 가진 사람의 눈에는 잘 보이지 않기 때문일 것이다. 이것은 학자이자 활동가인 마이클 코프먼의 말이다. 남성이 여성 해방에 기여할 수 있는 방법에 대해 연구해 온 코프먼은 남성이 가부장제 사회에서 남성으로서 누리는 혜택이 무엇인지, 그것을 누리는 남성에게는 잘 보이지 않는다고 말한다. 남성에게만 국한된 사실이 아니다. 코프먼의 말에 따르면 페미니즘 사상가

들은 "얼마나 많은 위계, 특권, 불평등한 권력의 형태가 우리 자신의 삶 속에서 교차하는지에 대해 이야기한다." 남자로서는 특권을 누릴지 몰라도 비정규직 노동자로서 누리지 못하는 권리가 있을 수 있고, 부유한 집안에서 태어나는 행운을 얻었을지 몰라도 여자로서는 누리지 못하는 권리가 있을 수 있다는 것이다.

눈에 보이지 않는다고 해서 영영 볼 수 없다는 뜻은 아니다. 눈에 보이지 않기 때문에 바로 성찰과 사유가 필요한 것이다. 자신을 들여다보면서 불편한 감정이 부수적인 욕망으로 인한 시샘인지 기본적인 욕구가 충족되지 않은 데서 오는 울분과 좌절감인지 판단해야 한다. 내가 누리는 특권을 보지 못하고 괜한 억울함을 호소하거나 시기심을 박탈감으로 오인하는 짓은 어리석고 무익하다.

또, 눈에 보이지 않기 때문에 더욱 남의 이야기에 귀를 기울여야 하는 것이다. 많은 사람이 당연한 혜택과 마땅한 권리를 누리지 못하는 데서 오는 응당한 울분과 좌절감, 결핍에 대하여 이야기한다. 노동에 마땅한 대가를 받을 권리, 두려움 없이 도심을 거닐 권리, 가정에서 안전할 권리를 누리지 못하는 사람들에 대한 이야기를 들으면 내가 가진 특권이 무엇인지 미루어 알 수 있게 된다.

미루어 아는 데서 그쳐서도 안 된다. 내가 가진 특권을 바로 보고 감사히 여기며 시샘하던 사람을 더 이상 비아냥거리지 않는 데 그친다면 부족하고 무책임하다. 보다 평등한 사회가 되도록 말과 행동으로 돕지 않는다면 모든 성찰의 시간과 귀 기울인 시간은 무의미해질 수 있다.

나를 들여다보는 일, 남의 말을 듣는 일, 생각을 행동으로 옮기는 일. 이 모든 것은 목청 높여 간결한 구호를 외치는 일보다 복잡하고 어렵다. 단시간에 끝나지도 않는다. 하지만 사유하고 행동하는 능력은, 인류 모두에게 주어졌는지 도통 의심스럽기는 해도, 우리 중 아주 많은 사람에게 어떤 대가도 없이 주어진 귀중한 특권이다. 나는 앞으로도 욱하는 감정이 생길 때마다 이 사실을 잊지 않기로 한다.

내가 누리는 특권을 보지 못하고

괜한 억울함을 호소하거나

시기심을 박탈감으로 오인하는 짓은

어리석고 무익하다.

식물

살아 있는 것을 가꾸고
돌보는 일의 기쁨과 슬픔

식물 이야기만 나오면 나는 일단 울상이 된다. 요즘에는 실내에서 식물을 키우는 데 열광하는 젊은 인구가 늘고 그들을 겨냥한 식물 산업이 날로 커지는 모양새다. 지켜보자니 처음에는 화분 하나로 시작하지만 어느새 베란다에 선반까지 넣어 꽉꽉 채우고 온실이며 식물 조명까지 장만한다. 무슨무슨 토분이라는 것이 있는데 그 인기 토분을 사려면 줄을 서서 기다려도 사지 못한다. 그 모습을 지켜보는 나는 고개를 절레절레 흔들고 손으로 이마를 짚으며 생각한다. 오, 저들은 자신들이 하는 일을 알지 못하나이다.

당연한 사실이지만 뼈저리게 깨닫는 데 상당히 오래 걸리는 사실 하나. 식물은 자라고 번식한다. 그것도 빠르게.

나도 알고 싶지 않았다.

아버지는 강원도가 지척인 경기도 어느 산자락에 나무를 심었다. 삽으로 일일이 구멍을 파고 가느다란 묘목을 줄줄이 심는 모습을 상상하면 부족하다. 아버지는 포클레인을 동원해서 수백 그루를 심었다. 메타세쿼이아, 은행나무, 목련, 벚나무, 매실나무, 구상나무 등등. 그게 20년 전이다. 나무는 빽빽한 숲을 이루었다. 아버지가 남은 가족들에게 이곳을 남기고 세상을 떠나셨을 때도 나는 울상이었다. 도대체 이 숲을 어떻게 관리해야 하지. 10년도 더 지났지만 아직도 나는 부정과 외면의 단계에 있다. 숲은 좀 그래도 된다. 어머니가 맡아 주시기 때문이다. 어머니 자연 말이다. 이곳에는 다른 나무들과 좀 떨어진 채 홀로 자라고 있는 떡갈나무가 있는데 아주 잘생겼다. 가지치기도 하지 않고 거름도 주지 않았는데 늠름하고 아름답게 서 있다. 가을에 떨어진 낙엽은 컬러처럼 돌돌 말려 풀밭을 와글와글 덮는다.

문제는 집 마당에 심긴 나무와 풀들이었다. 분명 대나무의 북방 한계선은 서울보다 훨씬 남쪽이라고 배웠던 것 같은데 우리 집에 심긴 대나무는 겨울에도 잘 살아남았고, 봄이 되면 말 그대로 우후죽순의 나날이 되었다. 잠시 고개를 돌린 찰나에도 없던 순이 삐죽 올라오는 지경이었다. 키도 금방 커서 댓잎은 온 사방으로 흩어졌고 빗물받이와 배수 구멍을 막아 집 안으로 빗물이 들어오게 만들었다. 뿌리는 놀라운 개척 정신을 발휘하며 땅 밑으로 무섭게 퍼져 나가 생판 낯선 땅에서 또 순을 올렸다.

아버지가 담장을 타고 오르라고 심어 놓은 줄사철나무는 또 어떤가. 겨울에도 파랗게 살아남아 버티는 이 덩굴 식물은 담장을 타고 오르는 것을 넘어 담장을 침식한다. 그 모습에 겁이 나서 덩굴을 제거하려다가 담장이 무너지는 일도 있었다. 그 사이로 담쟁이까지 합세해서 담장은 벽돌 한 장 보이지 않고 그저 푸른 잎으로 뒤덮였으며 산모기들이 숨어 쉴 수 있는 시원한 그늘을 제공했다.

한편 엄마는 여러 해에 걸쳐 집에 꽃을 심었다. 매년 봄이 되면 작약이며 수선화, 히아신스, 크로커스, 무스카리, 장미를 사다 여기저기 부지런히도 심었다. 사다 심기만 한 것이 아니다. 어디서 얻어 온 영춘화, 어머니 친구가 와서 심어 둔 야생화까지. 민트, 참나물, 부추, 머위 등 마당에는 먹을 수 있는 식물도 많다.

이 모든 나지막한 식물들 위로 커다란 소나무가 나날이 키가 크고 빽빽해졌으며 지붕 위로 한참 솟은 모과나무에서 사정없이 낙하하는 열매는 사람을 위협할 지경에 이르렀다.

그런데 정말 이상하게, 나도 모르는 사이에, 아버지와 엄마가 마당과 집 주변에 심어 놓은 나무와 꽃과 풀들을 돌보는 일이 언젠가부터 내 몫이 됐다. 누가 시키지 않았지만 이것들을 돌보는 일을 내 일로 삼았다. 울상이 된 채. 그 이유는 아마도 싱크대에 쌓인 설거지를 오래 두고 보지 못하는 사람이 지는 원리와 비슷할 것이다.

식물을 사서 심는 일은 자꾸 자라고 불어나는 식물을 가꾸는 일에 비하면 정말 간단한 편에 든다. 우리 집 마당은 식물을 사서 심는 일에는 열심인데 가꾸는 일에는 다소 소극적인 분께서 관리하시는 동안 정글이 되어 버렸다. 내가 작정하고 화단을 정리하려니 잡초부터 뽑아야 할 것 같았다. 그러려면 꽃이 무엇이고 잡초가 무엇인지 알아야 했다. 그런데 내가 심은 꽃과 풀이 아니니 뽑아야 할지 말아야 할지 모르겠는 것들 투성이였다. 게다가 잡초가 가장 왕성할 때가 되면 모기도 왕성하다. 모기들이 달려들어 이곳저곳을 물어 대니 너무 가려워서 판단력이 흐려질 정도였다. 가위며 호미며 다 내려놓고 집으로 들어와 가려움부터 해결해야 했다. 흙을 파다 보면 온갖 벌레와 지렁이가 나왔고 마당에는 초보 정원사가 내지르는 외마디 고음이 주기적으로 울려 퍼졌다. 무해해 보이는 풀인 줄 알고 냅다 잡았는데 가시에 손이 찔리고 덩굴성 잡초에 팔목이 감겨 빨갛게 부어오르는 일도 부지기수였다.

울타리 안으로 들어온 식물을 돌보는 일은 식물을 키우는 일이 아니라 식물이 너무 크게 자라지 않도록 잘 막아내는 일 같았다. 마당 일을 할 때마다 차마 욕은 할 수 없었지만 쉴 새 없이 구시렁댔다. 비난의 대상은 모호하게 남겨 두었다. 도대체 대나무는 왜 심은 거예요? 혹시 선비세요? 여기가 단양이야? 이런 식이었다.

그런데 당구삼년堂狗三年에 폐풍월吠風月이라든가, 무술을 배우러 고수를 찾아간 아이가 물 긷고 비질만 했는데도 어느새 기본기를 갖추게 되는 클리셰가 있지 않은가? 그런 일이 나한테도 일어났다. 여러 해 고충을 겪으며 식물 가꾸는 일의 위험을 인지하게 된 나는, 한여름이면 마당에 나갈 때 팔다리를 덮는 옷을 입고 장갑을 끼고 장갑과 소매 사이를 가리는 토시를 착용한다. 더위와 싸우는 게 개중 제일 쉽기 때문이다. 그래도 노출되는 부위에는 모기 기피제를 바른다. 가위와 호미, 삽 등 도구를 항상 잘 갖추고 사용한 뒤에는 비를 맞지 않는 곳에 두어 녹이 슬지 않게 한다.

이제는 마당 여기저기 심긴 꽃과 잡초를 구분할 수 있고 잡초 중에서도 남길 잡초와 남기지 않을 잡초를 구분한다. 잡초가 따로 있는 게 아니기 때문이다. 키가 작고 착하게 생긴 여러해살이풀의 세력을 확장하게 놔두면 다른 풀이 돋아나지 못하도록 막는 좋은 지피 식물이 된다. 반면 노란 꽃이 예쁘다고 민들레 같은 녀석들을 방치하면 씨가 맺히고 홀씨가 흩어져서 주변은 온통 민들레밭이 된다. 보는 족족 뽑는다. 봄가을에는 거름을 주고 죽은 가지나 너무 큰 가지를 정리한다. 너무 골치 아프게 커 버린 수목은 인부를 불러 과감하게 제거한다. 대나무 순이 올라오면 하루가 지나기 전에 뽑고, 키가 너무 큰 대나무는 톱으로 잘라 준다. 줄사철, 담쟁이도 전지가위를 들고 심심할 때마다 정리해 준다. 초봄에 꽃이 피는 구근 식물이면 늦봄에는 꽃대를 정리해 주고 초여름에는 누렇게 변한 잎을 잘라 준다.

그리고 땅이 녹은 겨울의 끝자락인 지금, 나는 홀린 듯 나무 시장에 와 있다. 아버지, 엄마가 그랬듯이 또 나무를 사고 꽃을 사러 와 있다. 정원에 여전히 빈 공간이 있고 이곳에 무언가를 심지 않으면 잡초밭이 되기 때문이기도 하지만 정원을 내 취향의 식물로 채우고 싶은 마음도 부정할 수 없다. 여름 내내 꽃을 피우고 마른 꽃송이가 겨울 정원의 스산함을 덜어 줄 목수국, 빨간 잎과 열매가 눈길을 사로잡을 남천을 산다. 걷잡을 수 없이 퍼진 돌미나리와 머위, 쑥이 뒤엉켜 한숨만 나오던 공간을 싹 정리하고 거기에 측백을 일렬로 심을 생각이다. 큰 쟁반만 한 플라스틱판에 아기 측백 스무 그루가 옹기종기 앉아 있다. 고사하는 녀석도 있을 수 있으니 넉넉하게 한 판을 다 산다. 판을 받아 든 남편이 왠지 울상이 되는 것 같지만 나는 라일락을 고르는 데 정신이 팔려 못 본 척한다. 작년 가을에도 나는 잡초가 퍼지는 것을 막아 주고 음지에서도 잘 자란다는 지피 식물로 맥문동, 수호초, 바위취 등을 샀다. 꿩의비름, 호스타도 심었다. 오로지 내 눈에 예뻐 보여서 심은 것들이다.

아직 끝나지 않았다. 지금까지 말한 식물들은 가지든 뿌

리든 밖에서 겨울을 견딜 수 있다. 겨울을 견디지 못하는 식물도 있다. 그런 식물은 봄마다 사야 한다. 봄이 완연해지면 바질, 라벤더, 세이지를 사러 가야 한다. 바질을 키워 스파게티에 넣고 페스토도 만들어야 하고, 라벤더와 세이지는 가을까지 예쁜 꽃을 피우니까.

그렇다고 풀과 나무, 꽃을 가꾸는 일이 고생스럽지 않다는 것은 아니다. 끝이 없는 정원 일을 떠올리면 어느새 미간을 찡그리고 있다. 나도 이어폰을 꽂은 채 흙 위에 엎어져 잡초를 뽑기보다는 남이 잘 가꾸어 놓은 정원을 먼발치서 바라보고 스피커에서 흘러나오는 음악을 들으며 커피를 마시고 싶다. 휴일을 다 바쳐 낙엽과 죽은 풀, 마른 가지를 정리하기보다 한 번도 가 보지 못한 곳으로 나들이를 떠나고 싶다. 그럼에도 때늦은 3월의 눈 사이로 땅을 뚫고 올라오는 당당하고 붉은 작약 순을 보면 몇 달 뒤 피어날 꽃의 탐스러운 모습이 저절로 그려지고 기대감에 가슴이 부풀어 오른다. 살아 있는 것을 가꾸고 돌보는 일의 고충을 알기에 더한 기쁨이다.

노트

나의 가능성을 제한하지 않는
사람이 되고 싶다

대부분의 만년필 사용자에게는 공통된 고민거리가 있다.

어떤 종이를 쓸 것인가?

잉크를 듬뿍 머금은 만년필로 아무 종이에나 썼다가는 온갖 문제가 생길 수 있다. 잉크가 사정없이 번지기도 하고 뒷면으로 스며들기도 하며 어떤 종이는 이른바 '헛발질'을 유발하기도 하는데 이것은 만년필의 잉크가 종이에 전혀 묻지 않는 현상 때문이다. 어떤 종이는 잉크가 번지지도 않고 스며들지도 않지만 쓰고 나면 잉크가 쉽게 마르지 않아 부적합 판정을 받기도 한다. 만년필로 쓰기에 적합한 종이는 아주 한정되어 있는 것이다. 만년필 사용자들이 모인 자리에서는 그런 종이에 대한 정보가 끊임없이 오간다. 종이를 일본에서 구매해서 직접 노트로 엮어 쓰는 사람도 있다.

하지만 결국 자신에게 맞는 종이나 노트는 직접 경험해보며 스스로 찾아야 한다. 자신이 주로 쓰는 만년필 닙의 두께, 잉크 종류, 경제 형편, 제본 방식, 선의 유무 등에 따라 인생 노트가 결정된다. 다른 사용자들의 추천 글은 범위를 좁혀 줄 뿐이다.

문제가 없지는 않지만 그럭저럭 나에게 맞는 저렴한 수첩에 안주하고 있던 몇 년 전의 나에게 어느 날 솔깃한 글이 보였다. 만년필에는 '스마이슨'이라는 브랜드의 노트가 적격이며 자신은 매년 이 노트를 구입한다는 내용이었다. 처음 들어 본 브랜드였다. 로디아, 몰스킨, 시아크, 클레르퐁텐, 미도리, 토모에가와 등 써 보지 않은 브랜드가 없는 나였는데! 곧바로 검색에 돌입했다. 들어 보지 못한 이유가 있었다. 몰스킨 노트의 열 배쯤 하는 가격 때문이었을 것이다. 무려 영국 왕실에 납품하는, 1887년부터 런던 본드가街에서 노트를 만들었다는 스마이슨은 당시 유명 백화점 중에서도 소수의 명품 브랜드 층에 입점해 있었다. 구경이라도 해 보자 싶어 찾아갔는데 시필을 해 볼 수는 없었지만 얇으면서도 질겨 보이는 종이, 적당한 선의 간격 등으로 보아 실로 만년필에 적격일 듯했으며 단아한 연파란색의 종이, 세련된 표지도 매력적이었다.

그런데 실물을 보는 순간 내가 느낀 감정은 노트를 갖고 싶다는 욕망도, 고급 브랜드에 대한 동경도 아니었다. 이 노트를 추천한 사람에 대한 질투심이었다. 내가 아는 사람도 아니고 전문직에 종사하는 여성이라는 것 정도만 알았는데 도대체 연봉이 얼마면 이 정도의 노트를 쓸 수 있는지 궁금했다. 동시에 나는 그동안 뭘 했기에 서른 중반이 되어도 이 정도의 노트를 턱턱 살 수 없는지 자괴감이 들었다. 빈손으로 매장을 나왔다.

그 자괴감은 성공한 여성이 되어야 한다는 강박의 다른 얼굴이었을 것이다. 10대 초반의 나는 서른 이전에 박사 학위를 딸 것이라고 어떤 의미도, 근거도 없이 장담하곤 했다. 당연히 결혼도 하고 아이도 낳을 것이라고 생각했던 것 같다. 돈은 저절로 따라올 것이라고 생각했다. 성인이 된 나는 30세 이전에 결혼했지만 아이는 갖지 않았다. 석사 과정을 수료했지만 학위는 없다. 30대 중반 이후로 나는 벌이가 적지는 않지만 매년 명품 노트를 살 정도는 아니다. 스마이슨 노트는 내가 생각했던 것만큼 성공적인 여성의 삶을 살고 있지 못하다는 사실을 일깨워 준 것일 수도 있다. 그래서 질투심과 자괴감을 주었을 수도 있다.

성공적인 삶이 무엇인지, 왜 그런 삶을 원하는지 자문해 볼 기회는 적다. 막연하게 남들이 원하는 조건을 갖추고 남들이 좋다고, 훌륭하다고 하는 목표를 이루고 싶어 한다. 그런데 21세기 한국에서 20대, 30대, 40대를 사는 여성에게 남들이 좋다고, 훌륭하다고 하는 삶은 의외로 다양해서 혼란을 초래한다. 가령 어떤 이들은 결혼해서 행복한 가정을 꾸리는 여성을 칭송하고, 어떤 이들은 가정을 꾸리면서 사회생활도 능히 해내는 여성을 칭송하며, 어떤 이들은 결혼하지 않고 치열하게 돈을 모으고 불린 뒤 식구에게 빼앗기지 않고 좋은 집, 좋은 차를 산 여성을 칭송한다.

다시 말해서 여성이 듣는 잔소리는 더 이상 '결혼해라, 아이는 언제 갖니, 둘째는 언제 가질 생각이니, 그래도 남편 밥은 챙겨 주고 출근해야지'에서 그치지 않는다. 이제는 '결혼 안 할 거면 부동산이라도 똑똑하게 잘 사 두어야지, 돈이 돈을 벌게 할 생각을 해야지, 여자도 주식을 알아야 한다'로 확장되었다. 확장판 잔소리는 언뜻 들으면 가부장제에서 효과적으로 벗어나기 위한 수단으로써 능력과 자본을 강조하는 것 같지만 실제로는 그렇지 않다. 일단 공통적으로 여성에게 한 가지 길만 있다고 생각하는 사람들의 목소리다. 그리고 여성의 가능성을 제한하는 모든 잔소리는 가부장적이다.

이뿐 아니다. 부의 축적을 성공의 기준으로 삼는 것, 또 돈을 버는 사람이 있는 한 반드시 잃는 사람도 있는 제도를 무비판적으로 수용하는 것, 즉 착취적인 시스템에 기꺼이 몸담는 것은 가부장제에서 남성이 주로 요구받는 남성적인 덕목이다. 그런 덕목을 배워야 세상을 잘살 수 있다고 외치는 행위는 여전히 남성성을 우위에 두는 행위로서 조금도 탈가부장적이지 못하다.

사랑하는 사람과 함께 아이를 낳아 키우고, 반려인을 위해 밥을 안치고, 서로를 보살펴 주고 아끼는 행위가 하찮은 일이라고 생각하는 시각 또한 조금도 탈가부장적이지 못하다. 오히려 이런 덕목은 보살핌이 필요한 약자가 여전히 많고, 지구 역시 보살핌이 간절히 필요한 현대 사회에 가장 중요한 덕목이다.

아이도 없고 박사 학위도 없지만 40대의 나는 이렇게 가부장제를 박살 내야 한다고 생각하는 사람이 되었다. 이런 나를 자랑스러워하는 사람이 되었다. 내 아이는 없지만 세상의 아이들을 두루 귀하게 여기고 보살펴야 한다고 생각하며 명품 가방, 외제 차를 턱턱 살 수는 없지만 필요하다면 식구들을 먹여 살릴 정도의 경제적 능력은 이루었다. 나의 가능성을 제한하지 않는 사람이 되었다. 검소한 여성을 지나치게 칭송하지 않고 사치스러운 여성을 지나치게 폄하하지 않는 사람이 되었다. 무엇보다 나는 스마이슨 노트를 한 권은 가진 사람이 되었다.

몇 해 전 남편과 영국 여행을 떠났을 때였다. 런던에서 차를 빌려 옥스퍼드와 코츠월즈도 구경하고 기차로 레이크 디스트릭트, 에든버러까지 이동해서 꽤나 꼼꼼히 구경했다. 거의 1년 가까운 항암 치료를 마친 나에게 주는 선물이었다. 신나는 여행을 마치고 공항에서 귀국 비행기를 기다리는데 스마이슨 가방과 노트가 눈에 들어왔다. 공항 내 면세점에 입점해 있었던 것이다. 게다가 몇몇 품목은 세일 중이었다. 점찍어 둔 물건이 세일을 한다? 사지 않으면 십중팔구, 아니 십중십 후회한다. 나는 한손에 딱 들어오는 크기의 유선 노트를 골랐다. 윌리엄 셰익스피어 에디션이었는데 《십이야》에 나오는 문구가 표지에 금으로 박혀 있었다. 셰익스피어가 탄생한 마을인 스트랫퍼드 어폰 에이번에도 다녀왔고 런던의 글로브 극장에서 〈로미오와 줄리엣〉도 관람했던 여행에 이보다 더 어울리는 기념품은 없었다. 여행을 다닐 때는 어떻게든 짐을 줄여야 직성이 풀리는 나지만 면세점 직원이 포장해 줄까 물었을 때 나는 그래 주면 정말 좋겠다고("I would LOVE that") 대답했던 것으로 기억한다. 브랜드 고유의 하늘색 상자에 넣어 감색 리본으로 묶은 스마이슨 노트가 마침내 내 손에 들어왔다.

서울에 돌아와서 종이에 만년필을 대어 보니 역시 잉크가 적당히 흡수되면서도 번지지 않았고 선의 간격도 내 취향에 딱 맞았다. 잉크의 농담도 잘 표현됐다. 무슨 말을 적든 이 노트에 잉크로 무언가를 적는 행위 자체가 나를 즐겁고 편안하게 만들었다. 그래도 노트를 아껴 쓰고 싶었다. 아무 넋두리나 끄적이지 말자고, 책을 읽은 후 감상을 적는 독후감 노트로 쓰자고 결심했다.

몇 해가 지난 지금, 이 노트는 절반도 채워지지 않았다. 나는 원래 독후감을 잘 쓰지 않는 사람인데 애초에 왜 독후감 노트로 쓰기로 했는지 모르겠다. 그래서 곧 일기도 이 노트에 적기 시작했는데 나는 아주 화가 나거나 혼란에 빠진 상황이 아니면 일기를 잘 쓰지 않는다. 결국 이 노트는 온갖 불편한 감정의 집합소가 되었는데 마음이 불안할 때마다 일기를 써도 노트는 쉽게 채워지지 않았다. 내겐 매년 스마이슨 노트를 살 정도의 돈도 없지만, 그 노트를 채울 여력도 없었던 것이다. 앞으로 5년쯤 지나면 다 채워지지 않을까 생각한다. 매년은 아니지만 다행히 10년에 한 번 정도는 스마이슨 노트를 살 경제력은 있다.

성공한 여성이라면 어떠해야 한다는 강박에서 벗어날 필요가 있다. 무엇보다 스스로를 가두려는 태도에서 벗어날 필요가 있다. 쉽지 않은 일임은 분명하다. 우리는 마치 여성 해방이 온 것처럼 욕망하고 성취하면서 동시에 여성 해방이 여전히 멀고먼 현실을 살아 나가야 한다. 그래서 여성의 삶은 때로 앞뒤가 안 맞는 모순투성이일 수 있다. 잔소리를 극히 싫어하는 내가 젊은 나에게 딱 한 마디 잔소리를 한다면 바로 그 모순을 견디면서 나만의 삶을 만들어 나가라는 것이다.

나는 나의 가능성을

제한하지 않는 사람, 지나치게

검소함을 칭송하거나 사치스러움을

폄하하지 않는 사람이 되었다.

산수유나무

인간과 자연의 공존을
고민하는 봄의 전령

동네 어귀에 산수유나무가 있었다. 뼈대만 남은 비닐하우스도 있었다. 멀쩡한 비닐하우스도 있었다. 교회 간판이 달린. 그 안에서는 종종 낯선 개가 짖곤 했다. 식물이 아닌, 개와 사람이 사는 게 분명한, 교회 간판이 달린 비닐하우스. 그렇지만 한 번도 사람이 들락날락하는 모습은 본 적이 없다. 동네 어귀는 이렇게 좀 어수선했다. 산수유만 있는 것이 아니라 온갖 잡풀과 잡목도 우거져 있었다. 인도 옆으로 쥐똥나무 산울타리가 길게 이어지는 구간도 있었는데 산수유나무와 함께 유일하게 마음에 쏙 드는 동네 길이었다.

산수유 꽃은 봄의 전령이라는 말이 무슨 뜻인지 정확히 깨닫게 해 주었다. 산수유 꽃은 봄이 온다는 알람 같은 것이다. 산수유 꽃이 피면 곧 매화도 피고 목련도 피고 이어서 벚꽃이 핀다는 사실을 나는 몇 년에 걸쳐 서서히 체감했다. 여러 해 동안 이 동네에 살면서 나는 다른 곳에서 산수유를 봐도 산수유 꽃이 피었네, 이제 봄이네, 말할 수 있는 중년이 되었고 몇 년 후면 누가 묻지 않았는데 산수유 꽃과 생강나무 꽃의 차이를 늘어놓는 노년의 여성이 될 것 같은 예감이 든다.

동네에는 산수유만 있었던 것이 아니다. 마을버스 정류장이 있는 골목 모퉁이 집에는 담장 안에 빛깔이 사뭇 고혹적인 자목련 나무가 있었는데 산수유가 피고 나면 곧 이 자목련이 필 거라는 기대감에 부풀곤 했다. 뒷산을 등진 흰 대문 집 담장 안에는 거대한 벚나무가 있어 장관이었는데 내가 그보다 수백 배 좋아했던 모습은 여름 초입에 그 담장 위로 연보라 꽃송이들을 폭포처럼 쏟아붓다시피 하던 라일락 가지들의 자태였다.

왜 전부 과거 시제인가 하면 더 이상 없기 때문이다. 골목 어귀 산수유도, 매력적인 자목련도, 흰 대문 집 라일락

폭포도, 이제 없다. 슬픈 일이지만, 그럼에도 나는 괜찮다. 우울해질 줄 알았는데 우울해지지 않았다. 이 동네에 처음 이사를 왔을 때는 걸어서 10분 거리에 작은 구멍가게만 하나 있었고 편의점도 없었다.

지금은 동네에 편의점만 두 개다. 도로가 넓어져서 산책할 때 자동차 눈치를 덜 봐도 된다. 가로등이 늘어나서 더 안전한 기분이 들고 인구도 늘었다. 사람이 많아지자 카페도 많아지고 디저트 가게도, 밥집도 생겼다. 음식을 배달시킬 수도 있다. 자목련이 있던 집은 다세대 주택이 되었고 이제 다 철거된 흰 대문 집에도 다세대 주택이 들어서지 않을까 싶다. 아파트가 아닌 공동 주택이 많이 생기는 것은, 주거 환경의 질이 보장된다는 전제 아래 환영할 만한 일이다. 다양한 주거 형태는 다양한 삶의 방식을, 다양한 생각을 의미한다. 100평, 200평 대지를 한 가구가 누리기보다는 서너 가구가 누리면 관리하기도 더 쉽다.

뿐만 아니라 담장 안에 큰 나무가 있으면 지나가는 사람 눈에는 보기 좋을지 몰라도 그 집에 사는 사람에게는 무척 골치가 아프다. 낙엽을 치우고 버리는 일, 가지치기를 하고 또 버리는 일은 엄청난 인력과 비용이 든다. 게다가 마당에 큰 나무가 있으면 집 안이 온통 음지가 된다. 그래서 나무가 사라지는 사건은 슬프지만 이해할 수 있다.

골목 어귀의 풍경도 바뀌었다. 흉물스럽던 비닐하우스가 철거되었고 그 자리에 다양한 나무와 풀과 꽃이 생겼다. 보도도 넓어졌다. 보도 위로 유모차를 끄는 모습도 한결 수월해 보인다. 그런 모습을 보면서, 없어진 산수유나무를 너무 아까워하지 말자고 스스로 위로하던 초봄의 어느 날 나는 아주 행복한 발견을 했다. 내 키보다 큰 산수유나무가 사라진 바로 그 자리에, 내 키보다 작지만 실한 산수유 다섯 그루가 있었다. 나무는 그 전해 가을에 식재한 것이지만 나는 꽃망울이 생긴 뒤에야 비로소 알아볼 수 있었던 것이다.

그 길에 전부 산수유를 심었냐 하면 그건 또 아니었다. 동네 어귀의 가로수는 이팝나무와 배롱나무 등이 주를 이루고 있었다. 원래 큰 산수유나무가 있었던 바로 그 자리에만 산수유를 심은 것이다. 다섯 그루를. 누가? 알 수 없었다. 공사를 수주한 업체에서 한 일인지, 관련 부서의 시 공무원이 한 일인지, 동네 사람이 한 일인지 알 수 없었다. 우연의 일치는 아닐 것 같았다. 그 자리의 산수유가 없어지는 것을 섭섭해 할 동네 사람들의 마음을 헤아려 보도 공사가 끝난 뒤 식재할 수종에 산수유를 포함시킨 어떤 따뜻한 사람이 있었다고 나는 상상하고 싶다. 그해에는 바로 그 따뜻한 사람이 내 봄의 전령이었다.

사람이 문명을 누리고 살고자 하면 자연은 훼손된다. 그렇다고 자연을 무조건 보존해야 한다고 외치기에 자연은 무시무시하다. 폭우에 쓰러진 나무가 집을 덮치는 일을 겪어 보면 한 그루의 나무에도 손대서는 안 된다고 말하기 어렵다. 숲처럼 우거진 마당은 모기에게도 천국이고 숲을 누리려는 집은 살충제를 살포하며 연일 모기와 싸움한다. 모기는 귀찮기도 하지만 때로는 치명적이기도 하기 때문이다. 그래서 담장 위로 우뚝 솟은 자목련을 보고 행복했던 나는 그 나무를 베고 지어진 다세대 주택과 그 마당에 새로이 자리 잡은 나지막한 배롱나무 두 그루에도 너그러워 보려고 애를 쓴다. 그리고 어떤 사람은 산수유를 베어 낸 자리에 또 산수유를 심는 것으로 사람과 자연, 모두에 예의를 갖춘다. 산수유를 심은 사람의 마음에는 사람과 자연의 공존이라는 어려운 숙제를 풀어 나가는 한 개인의 삶의 태도가 있다.

인류에 의한 지구의 온도 상승이 돌이키기 불가능한 선을 넘기 직전이라고 한다. 수많은 개인이 환경을 보호해야 한다고, 탄소 배출을 당장 급격하게 줄여야 한다고 외치지만 거대 기업과 국가, 무엇보다 엄청난 부를 가지고 통제하려는 이들 앞에서 개인의 목소리는 집채만 한 파도 앞의 작은 새끼 고양이 울음만 못 하다는 생각이 든다. 어차피 인류는 망했다는 생각에 곧잘 지배를 당하게 되는 것이다. 거대 산업이 망쳐 놓은 지구 위 인류의 미래를 개인의 책임으로 돌리려는 시각에도 열불이 난다. 인류에게는 희망이 없고 그냥 아무렇게나 살다가 가고 싶다는 생각도 든다.

　하지만 인류의 멸망이 아닌, 자포자기하는 생각과 그 생각에서 이어지는 삶의 태도가 진정한 패배라는 생각도 든다. 또 그런 자포자기의 심정은 결코 쉽지 않은 삶의 변화를 미루려는 핑계가 아닌지 스스로 의심스럽다. 이유야 어떻든 삶의 태도가 바로 그 사람이다. 코앞에 닥친 인류의 위기에 대해 알고 있지만 개인의 노력으로 이루어 낼 수 있는 변화가 한정적이라는 이유로 어떤 노력도 하지 않는 사람은, 실상 인류의 위기를 부정하고 눈앞의 이득에 눈이 멀어 어떤 노력도 하지 않는 사람과 과연 얼마나 다른가?

나는 내일 지구가 멸망해도 오늘 한 그루 사과나무를 심는 데 동의하는 사람이다(스피노자가 했다고 알려진 이 명언은 실은 스피노자의 문헌에서 찾아볼 수 없다고 한다. 그래서 본래 어떤 의미에서 나온 말인지 그 의미와 맥락은 확실치 않다). 그것이 희망에 찬 행동이며 희망이 세상을 바꿀 수 있기 때문이라서가 아니라 생각과 행동을 일치시키는 삶이 명예로운 삶이며 인간은 그럴 수 있는 동물이기 때문에, 명예롭고 도덕적인 삶을 살아야 한다고 생각하는 까닭이다.

명예롭고 도덕적인 사람은 자연의 위협을 문명으로 극복하면서 제가 살고 있는 마을을 부단히 가꾸어 보다 살기 좋은 곳으로 만들어 나가는 사람이고 그럼에도 자신이 자연과, 그리고 다른 사람과 어떻게 연결되어 있는지 잊지 않는 사람이다. 생업을 위해 산수유 한 그루를 베어 내야 하지만 그 자리에 산수유 다섯 그루가 자랄 수 있도록 애쓰는 사람이다. 이제 그런 사람으로 사는 것이 나의 꿈이다.

자동차

예의를 다해서
내 물건에게 말 걸기

새 바이올린이 생겼다. 내가 속한 현악 4중주단의 비올리
스트 친구가 어느 날 뜬금없이 새 바이올린을 갖고 왔다.
우리 둘은 종종 바이올린을 구매하려는 다른 아마추어 연
주자들을 위해 바이올린 품평을 해 준 적이 있다. 그래서
나는 친구가 가져온 바이올린이 그런 바이올린인 줄 알았
다. 붉은 기가 도는 오일 바니시가 얹힌 악기의 모습은 아
주 고전적이었다. 바이올린 색깔의 이데아 같은 색이었다.
송진 가루 하나 묻지 않은 깨끗한 새 바이올린이었다.

  그런데 친구는 이 바이올린이 나를 위한 선물이라고 했

다. 나는 이 친구에게 선물을 받을 일을 한 적이 없었다. 특별한 날도 아니었다. 어리둥절했다. 그래도 일단은 무슨 이유인지 들어나 보고 거절하자는 심정이었다. 그런데 악기 속에 내 이름이 있다는 것이다. 원래 악기 속 라벨에는 제작자 이름과 제작된 해, 장소 정도가 적히기 마련이다. 바이올린 윗판에 난 두 개의 구멍, 에프 홀을 들여다보면 대개 라벨이 보인다. 그런데 이 악기 속에는 그 모든 정보에 추가로 내 이름도 있었다. 심지어 종이 라벨이 붙은 것도 아니고 나무에 각인되어 있었다.

내가 악기 품평을 하면서 이 제작자의 악기들을 마음에 들어 한 것은 사실이다. 내가 가진 악기와 비슷한 가격대로 보이는 데도 울림이 크고 입체적이며 소리가 밝게 열려 있는 게 특징이었다. 그래서 구매할까 고민한 것도 사실이다. 친구에게 약간의 편의를 봐준 것도 사실이다. 친구가 어려울 때 내가 해 줄 수 있는 한에서 아주 작은 도움이 됐을지도 모르는 일이다. 하지만 그 모든 걸 감안해도 과분한 선물이었다. 그렇다고 거절할 수도 없었다. 내 이름이 각인된, 나에게 헌정된 바이올린이었다.

얼떨결에 새 바이올린이 생겨 버린 것이다. 옛 바이올린은 이미 앞에서 썼듯이 나에게 아주 소중한 물건이다. 하지만 나는 물건에 대한 집착을 버리고 거기서 한 발 더 나아가겠다고 다짐한 바 있다. 그런데 다짐만 했지 실제로는 한 발자국도 나아가지 못한 상황에서 새 바이올린이 생긴 것이다. 뜻밖의 선물이기도 했고 옛 바이올린에 비해 울림이 컸기 때문에 나는 한동안 남편 앞에서, 혹은 친구들 앞에서 두 바이올린을 번갈아 켜면서 새 악기의 울림, 음색, 잠재력을 칭찬하느라 열심이었다. 하지만 새 바이올린이 마음에 들수록 옛 바이올린에 대한 미안한 마음이 들었다. 옛 바이올린이 듣는 곳에서 새 바이올린을 너무 칭찬하지 말아야겠다는 생각이 들었다. 그러면서도 바이올린에게 마치 자존심이 있다고 생각하며 행동하는 내가 우습기도 했다.

나는 물건 앞에서 말을 조심하는 일이 종종 있다. 특히 올해로 19년 동안 우리 부부를 위해 봉사해 주고 있는 우리 집 자동차 앞에서는 말을 함부로 하지 않으려고 애쓴다. 차에 타고 있을 때 '폐차'라는 말을 입에 올리지 않는 것은 물론이고 새 차는 어떤 차였으면 좋겠다는 식의 말도 잘 하지 않는다. 결혼과 동시에 구입한 자동차이므로 내년에 우리 결혼이 20주년을 맞을 때 이 차도 함께 멀쩡한 모습으로

20주년을 맞으면 좋겠다는 생각이다. 그런데 얼마 전에 양평에서 서울로 향하는 국도에서 이 차가 서 버리는 일이 있었다.

자동차가 경고를 보내지 않은 것도 아니다. 배터리 경고등이 들어왔는데 내가 조치를 취해야 되지 않느냐고 물었더니 남편은 괜찮을 것이라고 했다. 시동을 껐다가 켰는데 과연 문제가 없었다. 꺼림칙했지만 양평에 볼일이 있으니어서 해치우고 싶기도 했고 자동차 관리는 남편이 책임지고 있었기 때문에 동의했다. 문제는 볼일을 다 본 후 서울로 돌아오는 길에 생겼다. 국도를 달리는데 에어컨이 제대로 작동하지 않았다. 봄이지만 햇볕이 꽤나 강렬했다. 창문을 열려고 했더니 창문이 조금 열리다가 말았다. 설상가상카 오디오가 꺼지고 음악이 멈추었다. 이때 갓길에 차를 세웠어야 했다.

하지만 자동차는 달려야 배터리가 충전된다. 아무 말 안했지만 나도 남편도 같은 생각이었던 것 같다. 일단 계속 달리자. 그러다 신호등이 있는 교차로에서 잠깐 멈추었다. 시동이 꺼졌다. 차는 다시 출발하지 못했다.

뒤로 다른 차들이 줄을 섰고 에어컨이 멈춘 차량 안으로 따가운 봄볕이 줄기차게 쏟아져 들어왔다.

"그러니까 경고등 들어왔을 때 해결하고 가자고 했지."

나는 하나마나 한 소리인 줄 알면서도, 그럼에도 지나친 감정의 분출은 자제하면서 말했다. 우리는 견인차를 부르는 등 필요한 조치를 했고 다행히 2시간쯤 지난 뒤에는 필요한 수리까지 마치고 다시 집으로 향할 수 있었다. 배터리 문제가 아니라 발전기 문제였다. 발전기가 돌아야 배터리가 충전되는데 발전기가 고장이 난 상태라 배터리가 소진되자 차는 더 이상 갈 수 없었던 것이다.

나는 또 이상하게 자동차에게 미안한 마음이 들었다. 자동차가 분명히 경고했는데 이를 무시했으니 자동차가 심통을 부린 것 같다는 생각이 들었다. 자동차를 달래 주어야 할 것 같았다. 그렇다고 고사를 지낼 수도 없다. 그건 주술의 영역이다. 나는 수리를 잘 끝낸 것으로 자동차가 만족해 주기를 바랐다.

나는 결코 주술적인 사고를 하는 사람이 아니다. 주술적인 사고를 아주 싫어하는 편에 속한다. 그럼에도 나는 이 책의 앞부분에서 사물에도 영혼이 있다는 루소 할아버지의 주장을 소개하고 여기 "대체로 동의"한다고 말한 바 있다.

내가 30년 가까이 써 온 바이올린과 20년 가까이 탄 우리 차에는 내 영혼이 스며들어 있을까? "대체로" 동의한다는 마음에는 변함없다. 하지만 전적으로 동의하지 못하는 이유가 있다면 바로 영혼이라는 개념 때문이다.

전적으로 동의하려면 일단 영혼이 무엇인가에 대한 루소 할아버지의 생각을 들어 봐야 하고 거기에 동의해야 한다. 하지만 우리가 오래 사용한 어떤 물건에 깃들어 있는 것은 아마 우리가 흔히 '영혼'이라고 말하는 것은 아닐 것이다. 만약 영혼이 깃들어 있다면 어떤 물건을 전혀 모르는 사람이 그 물건을 봤을 때 거기서 무언가를 느낄 수 있지 않을까? 물건에 손을 대고 그 물건에 얽힌 사연을 읽어 내는 초자연적인 행위 같은 것이 가능하지 않을까? 나는 그렇지 않다고 본다.

다만 루소 할아버지가 영혼이라고 말한 것이 추억의 다른 이름이라면 거기 동의할 수 있다. 인간의 영혼이 기억의 집합이라고 가정하고 어떤 물건에 내 기억이 깃들면 그 물건에 내 영혼이 깃들었다고 말하는 데까지는 동의할 수 있다. 실로 나는 인간의 영혼이 따로 있다고 생각하지 않으며 우리의 자아가 일종의 기억의 집합이라고 생각한다. (그렇다면 나의 모든 기억을 기계에 이식하면 그 기계는 나와 다름 없게 되는 걸까? 이런 의문이 떠오르는 독자라면 철학 공부에 흥미와 재능이 있을 가능성이 높으니 관련 전공이나 공부를 강력히 추천한다.)

아무튼 내가 나의 옛 바이올린이나 오래된 자동차 앞에서 말을 조심하거나 미안한 마음을 가지는 것은 물론 내가 나이가 들어 지나치게 감상적이고 주책맞은 중년이 되었기 때문일 수도 있지만 결국 나의 추억이 깃든 물건에 대해, 궁극적으로는 나의 추억에 대해 예의를 차리기 위함이다. 국어사전이 정의하는 예의는 '사회생활이나 사람 사이의 관계에서 존경의 뜻을 표하기 위해서 예로써 나타내는 말투나 몸가짐'이다. 나의 추억은 나의 과거이므로 나는 결국 과거의 나에게 존경을 표하고 있는 것이다.

추억에 매달리는 것이 어떤 면에서 건강하지 않을 수 있는지 나는 안다. 하지만 추억에 대해 적절한 예의를 차리는 것은 나를 아끼고 내가 걸어온 길을 긍정하는 일이 아닌가 싶은 것이다. 그래서 내 추억이 어린 물건을 잘 대접하는 태도, 옛것을 함부로 새것으로 교체하지 않는 태도는 단지 물질이나 사물에 대한 숭배의 태도가 아니라 나를 긍정하는 태도라고 본다. 태도가 곧 그 사람이다. 예의 있는 사람은 예를 차린다. 원래 예의 있는 사람인데 사는 데 쫓겨서 예를 못 차리는 사람은 예의가 없는 사람이고 앞으로도 예의 있는 사람이 되기 힘들 것이다.

이렇게 결론이 난 이상 나는 앞으로도 물건에게 마치 영혼이나 인격이 있는 것처럼 행동하는 것을 멈추지 않을 작정이다. 그렇다고 추억이 담긴 물건에 집착하기도 싫다. 그래서 인사를 건네려고 한다. 때가 되어 작별할 시간이 되었을 때 인사를 건네고 떠나보내려 한다. 인사는 손을 뻗어 컵을 잡거나 허리를 굽혀 잡초를 뽑는 등의 동작과는 달리 그 자체로 유용한 것이 아니다. 인위적인 의미가 부여된 동작이다. 우리가 인사라는 동작에 의미를 부여했기 때문에 인사는 효력을 가진다. 그래서 나는 물건에 건네는 인사에, 과거에 대한 추억에, 예의를 차리기 위함이라는 의미를 부여하고 물건과 작별한 다음 거기서 나아갈 힘을 얻기로 한다. 물건을 의인화하여 지나친 연민의 대상으로 삼지도 않고 나와 오랜 시간을 함께한 물건을 함부로 대하지도 않으면서 살기로 한다.

쓰던 바이올린에는 거트현, 즉 바로크 시대의 현을 재현

한 줄을 끼우고 그 시대의 음악을 연주하는 악기로 쓰기로 했다. 새로운 줄, 새로운 바이올린 활, 새로운 바이올린 케이스를 구매할 좋은 핑계가 생겼다.

사람의 눈은 얼굴에 달려 있어서 사람은 제 눈으로 제 얼굴을 보지 못한다. 나는 이 사실을 떠올릴 때마다 매번 새삼, 세상 신기하다고 생각한다. 사람이 제 얼굴을 보려면 거울을 보거나 사진을 찍어서 봐야 한다. 연못가 수면에 비친 제 얼굴을 보고 반한 나르키소스가 그 연못에 빠져 죽었듯 제 얼굴을 보는 일은 꽤나 위험한 일이다. 내 모습을 지나치게 사랑하게 될 수도 있고 사정없이 미워하게 될 수도 있다. 게다가 거울과 카메라의 렌즈, 연못의 표면은 우리의 모습을 왜곡한다. 그렇다면 남의 눈으로 보는 우리의 모습이 우리의 진짜 모습일까? 한때 인터넷에서 화제가 되었던 드레스 사진이 있다. 동일한 드레스를 보고도 어떤 사람들은 흰색이라고 하고 어떤 사람들은 파란색이라고 했다. 타인의 눈도 제각각인 것이다. 우리는 우리의 겉모습조차 객관적으로 보지 못한다. 하물며 우리의 내면은 어떨까.

나는 이 책에 실리게 될 글을 써 나가면서 나의 생각과 마음을 마치 거울로 비추어 보는 것 같다는 생각이 들었다. 평소에도 내 감정이나 생각에 대해 늘 곱씹어 보기는 하지만 이를 글로 적는 것은 다르다. 얼굴을 더듬어 내 모습을 확인하는 행위와 거울로 비추어 보는 행위가 다르듯 차이가 있다. 그리고 이렇게 적은 글을 다시 읽어 보는 일은 내 모습이 찍힌 사진을 보는 일과 비슷하다. 어떻게 이토록 오랜 세월을 내 생각과 마음의 모습, 그러니까 내 내면의 모습을 모르고 살아왔는지 놀라울 지경이다.

우리의 얼굴을, 그리고 우리 내면의 얼굴을 보는 일은 앞서 말했듯 실로 위험하다. 하지만 그렇다고 해서 보지 않는다면 더욱 큰 수렁에 빠지게 된다. 보지 않는다면 눈꼬리에 커다란 눈곱이 붙은 줄도 모르고 사랑하는 사람에게 얼굴을 들이미는 아찔한 실수를 범할 수도 있다. 보지 않는다면 우리의 모습을 어떤 방향으로든 나아지게 만드는 노력은 불가능할 것이다. 심지어 병에 걸려도 알아차리지 못할 수 있다. 나는 매일 거울을 본다. 머리를 자르고 와서는 이리저리 사진을 찍어 둔다. 얼굴에 화장하는 것을 별로 좋아하지 않기 때문에 기미가 생기면 그 부분만이라도 좀 신경 써서 무언가를 바르고 내 표정이 남들에게 어떻게 보일까 고민하며 여러 표정을 지어 보기도 한다. 그런데 그동안 내 생각과 마음은 방치되어 있었다. 마흔이 넘어서야 처음으로, 내면을 거울에 비추어 볼 기회를 나에게 허락한 것이다.

물론 그동안 아주 노력을 하지 않은 것은 아니다. 이런저런 책을 읽고 견문을 넓히는 노력은 언제나 중요하다고 생각해 왔다. 화장을 하고 피부과에 가고 머리를 염색하는 데 쓸 돈과 노력이 있다면 내면을 닦는 데에도 들여야 한다고 생각해 왔다. 그런데 그런 노력이 내 모습을 어떻게 바꾸어 가고 있는지 모르는 채 그렇게 했다. 그래서 이 책을 쓰면서 본격적으로 내면의 사진을 여러 컷 찍고 나니, 그 세월 동안 마치 눈을 감고 돌아다닌 듯해 일단 등골이 오싹했다. 그래도 사진을 보고는 아직 아주 망한 것은 아니구나, 아직 더 예뻐질 가능성이 없지는 않구나 생각하게 됐다.

　일기를 쓰는 행위와는 좀 다르다. 일기를 쓸 때는 많은 것이 생략된다. 일기는 나만 보는 것이고 나는 나에 대해 다 알고 있다고 생각하기 때문이다. 남에게 보여 줄 글을 쓸 때 비로소 사진처럼 나의 내면이 찍히는 것 같다. 하지만 모든 사람이 남에게 보여 줄 글을 써서 자신을 들여다볼 기회를 갖는 것은 아니다. 그래서 이 기회를 통해 나를 들여다보고 나의 소비와 소유에 대한 생각을 들여다볼 기회를 갖게 된 행운에 무한한 고마움을 느낀다.

　그러나 책이란 저자 자신에게만 도움이 되어서는 안 될 터이다. 내게 주어진 행운을 공동체에 유익한 어떤 것으로 바꾸지 못한다면 이 책의 의미는 너무 제한적일 것 같았다. 물론 모든 개인의 이야기는 중요하다. 특히 여성의 목소리가 사소한 것으로 치부되는 세상에서 여성의 이야기는 많을수록 좋다. 약자가 강자의 세상에서 부대끼며 살아온 이야기는 다른 약자에게 삶이라는 수수께끼를 푸는 단서, 힌트가 된다.

　자본주의 사회에 살면서 소비와 소유에 대해 고민하지 않기는 힘들다. 그리고 그 고민은 내가 여성이라는 사실과

떼어 놓고 생각할 수 없다. 쇼핑을 사랑하고 물건에 애착이 강한 사람으로서 이 두 가지 사실에 대해 논하지 않고 나와 세상의 관계에 대해 이야기할 수는 없었다. 주제는 자연스럽게 이쪽으로 정해졌다.

그럼에도 단지 내 이야기를 풀어놓는 데 그치지 않고 싶었다. 곤란한 질문을 던지고 싶었다. 피하고 싶은 질문을 묻고 싶었다. 사물에 대한, 세상에 대한 내 생각에 도전하고 싶었다. 당장 해답이 나오지 않더라도 일단 도전장을 던지고 싶었다. 성찰하는 글이 좋은 글이라고 생각했다. 성찰하는 과정을 담으려고 했다. 결과물은 어딘가 우유부단해 보이는 글이다. 어쩔 수 없다. 나는 제목이 명령형인 책에 극심한 알레르기가 있다. 우주의 진리가 단 하나고 그것이 담긴 책이라고 해도 제목이 명령형이면 읽지 않겠다. 뿐만 아니라 나는 우주의 진리가, 삶의 진리가 단 하나라고 생각하지 않는다. 그런 책에 담긴, 나에게 좋은 것이 남에게도 좋은 것이라고 예단하는 배짱이 신기할 뿐이다.

나는 다만 내 책에 담긴 생각에 동조하는 사람들, 그러니까 나의 편이 더 많아지길 바라면서 내 고민과 성찰을 적는다. 내 책을 보고 생각을 바꾸는 사람이 많아지길 바라는 게 아니라 내 책을 보고 우리 편이 있다는, 세상이 다 저들 편은 아니라는 사실을 확인하는 사람들이 있기를 바라면서 글을 썼다. 그리고 우유부단한 나의 고민들에서 어떤 단서를 얻은 사람들이 더 유용한 고민을 하는 방식으로 이 책이 공동체에 기여하기를 바란다.

내가 개인 블로그에 올려놓은 에세이들을 보고 내게 연락하고 기회를 준 권순범 편집자께 깊이 감사한다. 나와 나의 글이 그를 실망시키지 않기를 바라지만 그것은 내가 어떻게 할 수 있는 영역에서 벗어난 바람이라는 생각도 든다. 또 최진우 편집자께도 고마움을 전한다. 여기까지 읽어 준 독자들에게도 깊이 감사한다. 독자들 또한 실망스럽지 않았길 바라지만 그 또한 내가 어쩔 수 없는 영역이라는 생각이 든다. 솔직하려고 애썼고, 어려운 질문을 물으려고 애썼기에 후회는 없다. 책은 언젠가 마무리를 해야 하지만 나는 언제나 과정 중에, 어떤 흐름 가운데 있다는 기분이 든다. 남에게 보여 줄 글을 써서 나의 내면을 비추는 일을 계속하고자 한다. 계속하면, 적어도 한자리에 머무르는 데 그치는 일은 없을 것 같다.